AF202509

Tucholsky Wagner Zola Scott Sydow Freud Schlegel
Turgenev Wallace Fonatne
Twain Walther von der Vogelweide Fouqué Friedrich II. von Preußen
Weber Freiligrath Frey
Fechner Fichte Weiße Rose von Fallersleben Kant Ernst Richthofen Frommel
Engels Fielding Hölderlin
Fehrs Faber Flaubert Eichendorff Tacitus Dumas
Maximilian I. von Habsburg Fock Eliasberg Zweig Ebner Eschenbach
Feuerbach Ewald Eliot Vergil
Goethe Elisabeth von Österreich London
Mendelssohn Balzac Shakespeare Dostojewski Ganghofer
Trackl Stevenson Lichtenberg Rathenau Doyle Gjellerup
Mommsen Tolstoi Hambruch Droste-Hülshoff
Thoma Lenz Hanrieder
Dach Verne von Arnim Hägele Hauff Humboldt
Reuter Rousseau Hagen Hauptmann Gautier
Karrillon Garschin Defoe Baudelaire
Damaschke Descartes Hebbel
Hegel Kussmaul Herder
Wolfram von Eschenbach Dickens Schopenhauer Rilke George
Bronner Darwin Melville Grimm Jerome Bebel Proust
Campe Horváth Aristoteles Voltaire Federer
Bismarck Vigny Barlach Herodot
Gengenbach Heine
Storm Casanova Lessing Tersteegen Grillparzer Georgy
Chamberlain Langbein Gilm Gryphius
Brentano Lafontaine
Strachwitz Claudius Schiller Kralik Iffland Sokrates
Katharina II. von Rußland Bellamy Schilling
Gerstäcker Raabe Gibbon Tschechow
Löns Hesse Hoffmann Gogol Wilde Gleim Vulpius
Luther Heym Hofmannsthal Klee Hölty Morgenstern
Roth Heyse Klopstock Kleist Goedicke
Luxemburg Puschkin Homer Mörike
La Roche Horaz Musil
Machiavelli Kierkegaard Kraft Kraus
Navarra Aurel Musset
Nestroy Marie de France Lamprecht Kind Kirchhoff Hugo Moltke
Laotse Ipsen Liebknecht
Nietzsche Nansen Ringelnatz
Marx Lassalle Gorki Klett Leibniz
von Ossietzky May Lawrence Irving
vom Stein
Petalozzi Knigge
Platon Pückler Michelangelo Kock Kafka
Sachs Poe Liebermann Korolenko
de Sade Praetorius Mistral Zetkin

Exposés und Theoretisches

Ödön von Horváth

Impressum

Autor: Ödön von Horváth
Umschlagkonzept: toepferschumann, Berlin

Verlag: tredition GmbH, Hamburg
ISBN: 978-3-8424-9079-6
Printed in Germany

Exposé: Elisabeth, die Schönheit von Thüringen

Volksstück in neun Bildern

Erstes Bild

Im Krankenhaus. Elisabeths Eltern warten auf dem Korridor auf ihre einzige Tochter, die heute zum ersten Mal seit ihrer Entbindung aufstehen darf. Der Vater ist ein sogenannter Herrnmensch, die Mutter seine Sklavin. Er ist eifersüchtig auf seine Tochter, kann es ihr aber nun doch verzeihen, daß sie außerehelich geboren hat. Bei dieser seiner versöhnlichen Haltung spielt auch noch die Tatsache eine Rolle, daß er, ein ehemals wohlhabender Bauunternehmer, nun völlig zugrunde gegangen ist – im Unterbewußtsein rechnet er also mit dem Gelde, das seine Tochter von dem Vater ihres Kindes bekommen muß. Er will das Kind selbst erziehen, denn die Familie ist die Grundlage des Staates.

Elisabeth erscheint und versöhnt sich mit ihrem Vater, der sie erst vor kurzem verstoßen hatte – eine rührende Szene.

Zweites Bild

Reichswehrkaserne. Der Leutnant schüttet dem Oberleutnant sein Herz aus: er habe ein Kind und dies Kind werde ihn noch zugrunde richten oder zumindest in seiner Karriere beeinträchtigen. Der Oberleutnant tröstet ihn und versichert ihm, daß er schon sehr recht getan hätte, daß er persönlich jeden Verkehr abgebrochen hätte und daß er nun einfach nur zahle. Man könne es zwar keineswegs wissen, ob er wirklich der Vater sei, denn er wisse es, daß der Hauptmann auch etwas mit der Elisabeth gehabt hätte. Der Hauptmann kommt und sagt, er hätte nichts gehabt, aber er hätte jederzeit etwas haben können. Der Leutnant ist ganz zerknirscht und tut sich furchtbar leid.

Nun kommt Elisabeth und stellt ihn zur Rede, warum er sich nicht mehr sehen lasse. Das Gespräch kommt darauf, daß er es bezweifelt, daß er der Vater ist. Wenn er es nicht glaubt, so brauche sie auch kein Geld mehr von ihm, sagt sie und ab. Die Kameraden beglückwünschen den Leutnant zu diesem angenehmen Ende, aber er ist halt doch noch etwas melancholisch.

Drittes Bild

Empörung des Vaters über ihr Benehmen, er gerät ganz außer sich, daß nun kein Pfennig mehr von dem Leutnant kommt. Er droht ihr mit dem Arbeitshaus und der Fürsorge. Er nimmt ihr das Kind als Vormund. Er verschafft ihr eine Stelle als sogenannte Haustochter.

Viertes Bild

Haustochter. Schicksal der Magd. Der Alte stellt ihr nach, sie beschwert sich bei der Frau, die sagt: Sie werden ihm schon Gelegenheit gegeben haben. Der Zimmerherr, ein Likörvertreter mit eigenem Auto, engagiert sie als seine Sekretärin und Geliebte. Ihre Bindung an ihn ist aber halt nur sexuell. Spiegel.

Fünftes Bild

Er nimmt sie mit auf seine Geschäftsreisen. Allmählich läßt sein Interesse nach xx – und stirbt auch ganz, als ihm der eine Hotelier erklärt, daß ihm diese Reisen avec geschäftlich nur schaden könnten. Er läßt sie in dem Hotel zurück und verschwindet. Nur ein sentimentaler Kofmichliebesbrief bleibt von ihm zurück. Und fünfzig Mark.

Sechstes Bild

Sie kommt zurück zu ihren Eltern, um ihr Kind zu sehen. Die Mutter empfängt sie, wie ein verprügeltes Tier hat sie Angst vor ihrem Manne, der gerade nicht zuhause ist – Elisabeth gibt ihr vierzig Mark für das Kind. Das Kind ist inzwischen gestorben. Der Alte kommt, Elisabeth versteckt sich. Er entdeckt die vierzig Mark, fragt die Mutter wo die her sind, aber die Alte schweigt und es bereitet ihr eine Freude, den Alten außer sich raten zu sehen. Elisabeth will sich das Leben nehmen, die Mutter hält sie davon zurück.

Siebentes Bild

Fabrikarbeiterin. Streik wegen Entlassung eines Betriebsrates. Sie beteiligt sich nicht an dem Streik, wird fast verprügelt von den Arbeiterinnen, der Betriebsrat beschützt sie – er erkennt ihre kleinbürgerliche Herkunft. – Sie will allein weiter arbeiten, wird aber nun von der Direktion ausgestellt, denn einer ›allein‹ kann das Werk bekanntlich nicht fortführen.

Achtes Bild

Animierkneipe. Die Gäste: wildgewordene Spießer und ein Tisch Intellektueller, die diese Atmosphäre schätzen, die gerne untertauchen im Schlamm, um sich besser nach den Sternen sehen zu können. Sie halten ihr Vorträge über die Emanzipation der Frau – allmählich entdeckt sie, daß das Lokal ein besseres Puff ist, sie will es anzeigen, aber ihre Kolleginnen beschwören sie, es zu unterlassen, da sie sonst ihr Brot verlieren.

Neuntes Bild

Sie geht zu dem Betriebsrat, der ihr in der Fabrik seine Adresse gegeben hat, daß wenn sie sich mal bedanken wollen würde, sie seine Adresse wisse. Sie kommt und nun wird sie bekehrt. Ihr Leben bekommt einen Sinn. An diesem Abend findet noch eine Haussuchung bei dem Betriebsrat statt, und dann haben sie endlich ihre Ruhe.

Exposé: Magazin des Glücks. Erste Fassung

Revue
1. Bild

Straße vor dem Etablissement – Hauptportal und Eingang für Personal und Lieferanten. Eine Telefonzelle.

Autoauffahrt

Reithofer versucht, durch das Öffnen der Autotüren einige Pfennige zu verdienen, geht aber öfters leer aus. Er ist melancholisch und beschäftigt sich mit allerhand Plänen betreffs seiner Zukunft und ist überzeugt, daß wenn seine Garderobe in Ordnung wäre, er noch eine ziemliche Karriere machen könnte.

Nun fährt die Prinzessin vor und wird vor dem Hauptportal groß empfangen. Reithofer öffnete die Türe ihres Wagens, sie schwebte aber nur an ihm vorbei. Trotzdem ist er fasziniert von ihr und versucht nun, nachdem die Prinzessin im Etablissement verschwunden ist, ihr durch das Hauptportal zu folgen, wird aber vom Portier zurückgewiesen.

Jetzt versucht er es, bei dem Eingang für Personal und Lieferanten, wird aber dort ebenfalls zurückgewiesen und zwar durch Lotte, die in dem Etablissement als Tellerputzerin beschäftigt ist.

Da erscheint ein Herr im Frack im Hauptportal und macht einen etwas unsicheren Eindruck. Er entdeckt Reithofer und bittet ihn, seine Kleidung mit ihm in der Telefonzelle wechseln zu dürfen – es drehe sich um eine Wette. Reithofer willigt natürlich ein, denn er sieht nun die Gelegenheit, mit Hilfe des Fracks das Etablissement betreten zu können.

Es drehte sich aber um keine Wette, sondern: der Herr ist ein internationaler Hochstapler, der soeben einer älteren Dame beim Tanzen die Brillantohrringe aus den Ohren gebissen hat. Die ältere Dame erscheint nun auch höchst erregt im Hauptportal und schreit nach ihren Brillanten und der Polizei, aber der Herr hatte die Telefonzelle in Reithofers Kleidern bereits verlassen.

Auf das Geschrei hin erscheinen die Direktoren des Hauses und das Überfallkommando. Alles wird untersucht – auch die Telefonzelle. Reithofer erscheint nun im Frack und kann unbehelligt und ohne den Schatten jeglichen Verdachtes das Etablissement durch das Hauptportal betreten.

2. Bild

Sitzung der Direktoren des Etablissements.

Der Direktor eröffnet die Sitzung mit der Nachricht, daß das Etablissement pleite ist. Nur ein einziger Geldmensch könnte es noch sanieren und dieser Geldmensch ist die Prinzessin.

Dann nimmt das Direktorium den Bericht der einzelnen Abteilungsleiter entgegen. (Inzwischen erhält der Direktor auch die Nachricht, daß die Prinzessin das Etablissement bereits feierlich betreten hat).

Empfang der Prinzessin durch die Direktoren. Die Prinzessin erklärt, daß sie das Etablissement gerne sanieren würde; sie müßte es aber zuerst kennen lernen. Sie hätte die Möglichkeit, unter gleich günstigen Bedingungen einen Krieg zu finanzieren und sie wisse also nun noch nicht, zu was sie sich entscheiden solle. Der Direktor gibt der Prinzessin als Begleiter den Vizedirektor mit – die Prinzessin rauscht ab und der Direktor bespricht nun mit den Seinen einen groß angelegten Plan, mit dessen Hilfe er die Prinzessin in die richtige Stimmung versetzen möchte, um es mit absoluter Sicherheit zu erreichen, daß sie sein Etablissement irgend einem Krieg vorzieht. Der Plan besteht darin, die Prinzessin in der Abteilung »Neapel« mit Hilfe des gesamten Personals in eine gefährliche Situation zu bringen, damit der Direktor selbst Gelegenheit hat, als rettender Engel aufzutreten.

3. Bild

Abteilung »Neapel«. Im Hintergrund der Vesuv.

Der Direktor probiert die Szenen mit dem Personal. Er überprüft auch noch einmal den Vesuv, ob der Ausbruch auch richtig funktioniert.

Der Plan besteht darin, den Vesuv ausbrechen zu lassen, um die Prinzessin im letzten Moment aus einer durch das Erdbeben zerstörten Osteria zu retten.

Dieser Plan wird gestört durch Reithofer, der der Prinzessin nachgeschlichen ist, dem Direktor zuvorkommt und als rettender Engel auftritt. Die Prinzessin ist erfüllt von Dankbarkeit.

Sehr bald nach ihrem Erwachen aus der Ohnmacht äußert sie Hungergefühle und wünscht mit ihrem Retter – Reithofer – zu soupieren. Dabei entdeckt sie einen winzigen Schmutzfleck auf ihrem Teller. Sie beschwert sich erregt – *Lotte*, die Tellerputzerin, wird aus der Küche herbeizitiert und soll die Prinzessin persönlich um Verzeihung bitten. Trotzdem soll sie nun wegen dieses Schmutzflecks fristlos entlassen werden. Reithofer ergreift aber ihre Partei und die Entlassung wird zurückgenommen. Die Prinzessin ist über das warme Eintreten Reithofers für Lotte indigniert und läßt ihn stehen.

Der Vizedirektor entschließt sich, mal in der Küche richtig nach dem Rechten zu sehen, und zwar incognito.

4. Bild

In der Küche.

Hier wird für alle Nationen gekocht. Die Köche geraten in Streit, da der Inhalt der Töpfe etwas durcheinander geraten ist und hierdurch die Selbständigkeit der einzelnen Nationen gefährdet erscheint. Lotte steht nun wieder auf ihrem Platz als Tellerputzerin neben dem Vizedirektor, der sich maskiert und verkleidet hat und ebenfalls als Tellerputzer fungiert. Dabei passiert ihm das Unglück, einen Teller zu zerbrechen. Er wird ernstlich verwarnt (vom Oberkoch), wird dadurch nervös, zerbricht abermals einen Teller, wird fristlos entlassen, gerät in Wut und zerbricht zu Fleiß einen Haufen Teller. Nun soll er verhaftet werden und niemand ergreift seine Partei außer Lotte. Er gibt sich zu erkennen und ist tief gerührt über die menschlichen Qualitäten Lottes und beschließt, ihr zum Dank für diesen Abend so ziemlich jeden Wunsch zu erfüllen. Er kleidet sie elegant und erfüllt ihren Wunsch, mit ihr nach Amerika zu reisen.

5. Bild

Nachtklub in Amerika. Im Parterre Sporthalle, im I. Stock Tanz-gelegenheit.

Der Direktor inszeniert seinen neuen Plan betreffs der Prinzessin (denn es ist ihm bereits seit Anfang bekannt, daß die Prinzessin an einer außerordentlichen Todesfurcht leidet). Er beschließt, einen Raubüberfall markieren zu lassen. Mit ihm wieder als rettendem Engel. Aber auch diese Sache mißglückt ihm abermals durch Reit-hofer, der der Prinzessin nachläuft und ständig eine Aussprache mit ihr wegen des Vorfalles in Neapel sucht. Die Prinzessin will aber nichts mehr von ihm wissen. Trotz ihrer Errettung.

In diesem Nachtklub taucht auch der Vizedirektor mit Lotte auf. Lotte erkennt Reithofer, läßt den Vizedirektor, der sich immer wie-der kosmetisch behandeln läßt, stehen und läuft nun Reithofer nach, der eigentlich nichts von ihr wissen will.

6. Bild

Südsee.

Zum letzten Mal versucht nun der bereits leise verzweifelte Di-rektor, seinen Plan zu realisieren. Die Prinzessin wird nun von Menschenfressern überfallen, gefangengenommen und soll nun gemästet und verzehrt werden. Aber wieder erscheint Reithofer und rettet sie. Die Prinzessin ist gerührt und söhnt sich mit Reithof-er wieder aus und vergißt alles, was zwischen ihnen geschehen ist. Der Direktor, wütend.

Reithofer schlägt nun der Prinzessin vor, mit ihm nach Wien zu ziehen.

7. Bild

Wien. Der größte Teil der Abteilung Wien befindet sich in Repa-ratur, nur eine kleine Vorkriegunterabteilung ist geöffnet.

Beim Heurigen in Grinzing 1912.

Reithofer und die Prinzessin verüben eine schmalzige Liebesszene. Sie beschließen, zusammen in ein kleines Hotel zu gehen. Nun stellt es sich aber heraus, daß Reithofer die Zeche nicht zahlen kann. Er wird als Kellner entlarvt und zwar hauptsächlich durch Lotte, die mit dem Vizedirektor ebenfalls beim Heurigen sitzt und sich plötzlich erinnert, Reithofer im ersten Bild kurz gesprochen zu haben. Reithofer flieht.

8. Bild

Im Orient.

Der Direktor inszeniert hier folgendes: er läßt eine große Schar Wahrsager und Hellseher aufmarschieren, die der Prinzessin weissagen sollen, daß sie nur ja nicht den Krieg finanziere, da sie sonst ihr Geld verlieren würde. Sie solle unter allen Umständen das Etablissement sanieren, dann würde sich ihr Geld verdoppeln.

Reithofer auf der Flucht, verkleidet als Wahrsager, weissagt der Prinzessin das Gegenteil. Der Direktor ist verzweifelt und die Prinzessin, die okkulte Neigungen hat, zeigt sich immer reservierter.

Auch Lotte und der Vizedirektor erscheinen und Reithofer weissagt den beiden, daß sie ein glückliches Paar werden würden, mit zahlreichen Kindern. Lotte stutzt und erkennt Reithofer (kraft ihres liebenden Herzens) und fährt ihm furchtbar über den Mund, daß er doch nicht derart lügen solle.

Reithofer muß nun abermals fliehen und Lotte zerkracht sich vollständig mit dem Vizedirektor, der über Lottes Abneigung, mit ihm zahlreiche Kinder zu zeugen, tief beleidigt ist, hauptsächlich in seiner Eitelkeit.

Lotte steht nun wieder allein auf der Welt.

9. Bild

Am Nordpol.

Reithofer langt nun hier an nach einer abenteuerlichen Flucht durch viele Länder und weiß nicht mehr aus noch ein. (Monolog). Er versteckt sich plötzlich hinter einen Eisberg, da menschliche Wesen nahen und die nordpolhafte Stille stören. Es sind dies der Direktor, die Prinzessin und Gefolge. Der Direktor zeigt der Prinzessin als stimmungsvollen Clou seines Etablissements das Nordlicht. Die Prinzessin ist überwältigt von soviel Natur und entschließt sich nun, das Etablissement zu sanieren. Direktor begeistert.

Durch einen Zufall wird Reithofer entdeckt (er ist der Nordlichtmaschinerie zu nahe gekommen und hat einen Kurzschluß verursacht). Er wird festgenommen und der Vizedirektor unterzieht ihn einem Verhör. Dabei stellt es sich heraus, daß sich die beiden schon seit der Schulbank kennen – auch der Vizedirektor ist einstens ein Kellner gewesen. Auf die erstaunte Frage Reithofers betreffs seiner schwindelnd hohen Karriere setzt ihm der Vizedirektor auseinander, daß er nur dadurch seinen Posten bekommen hat, indem er betrügerische Unkorrektheiten der anderen Direktoren erfahren hat. Reithofer erinnert sich nun plötzlich, daß er auch etwas nicht ganz Korrektes vom Vizedirektor weiß – und so muß ihm der Vizedirektor versprechen, ihn zu einem Abteilungsleiter avancieren zu lassen. Da Wien für unabsehbare Zeit in Reparatur ist, entschließt sich Reithofer für die Abteilung »Rhein«.

10. Bild

Am Rhein, mit Loreley.

Die Prinzessin lauschte dem Gesänge der Loreley und ist entzückt, dies alles sanieren zu können. Auch der Direktor schwelgt im Glück. Da erscheint aber der Sekretär der Prinzessin und bittet sie um Verzeihung: Er habe sich nämlich verkalkuliert und wenn die Prinzessin den Krieg und nicht das Etablissement finanzieren würde, würde sie um 4,20 Mark mehr verdienen. Nach einem kurzen seelischen Kampfe entschließt sich die Prinzessin für den Krieg. Direktor ist außer sich und möchte zu irgend einem Fenster hinausspringen.

Feierliche Einsetzung Reithofers als Rayon-Chef der Abteilung »Rhein« – fast eine Krönung. Unter dem Spalier bildenden Publikum steht auch Lotte, an der er aber stolz vorüberzieht. Jetzt will er sie überhaupt gar nicht mehr kennen und Lotte möchte fort von dieser Welt. Sie erkundigt sich nach der Abteilung Paradies.

Mitten in der feierlichen Zeremonie platzt die Bombe: Die Prinzessin saniert den Krieg, das Etablissement ist pleite. Es erscheinen auch schon die Gerichtsvollzieher und pfänden alles weg.

Von diesem großen Sturze erholt sich Reithofer nicht so rasch. Es fallen ihm alle seine Sünden ein und auch er erkundigt sich nach der Abteilung Paradies.

11. Bild

Im Paradies.

Lotte und Reithofer treffen sich, streiten sich unter dem Baum der Erkenntnis und finden sich wieder mit Hilfe verschiedener Vermittlungs-Aktionen der Tiere.

Aber auch hier erscheint der Gerichtsvollzieher und pfändet. Das Paradies wird abmontiert – trotzdem bleiben Lotte und Reithofer nun erst recht beisammen.

Direktor erscheint und protestiert gegen die Pfändung. Er verspricht dem Gerichtsvollzieher zu prozessieren und zwar bis zur letzten Instanz. Es bleibt also vorläufig alles noch beim alten, bis zur Erledigung des Prozesses, dessen Ende nicht abzusehen ist.

Exposé: Magazin des Glücks. Zweite Fassung.

Den rührigen Unternehmer Sam Klabaut, der jetzt kurz und bescheiden King Atlas genannt wurde, hatten folgende Erwägungen zur Gründung seines »Magazin des Glücks« geführt: Die Welt ist trostlos und schlecht. Die Menschen verbringen ihre Tage in Hast, in Mühe und mit Arbeit. Und die Feiertage sind spärlich. Das Glück ist schwer zu finden. Die Welt viel zu groß und zu weit, als daß jeder sie genießen könnte. Sein Unternehmen nun, das Magazin des Glücks, sollte im kleinen der Menschheit das bieten und ersetzen, was sie auf dieser Welt ersehnte und erwünschte. In dem großen Etablissement, in dem er Generaldirektor war, fand sich die Welt im kleinen wieder. Für ein Eintrittsgeld, das jeder ehrlich Arbeitende von seinem Einkommen ersparen konnte, bekam man eine Eintrittskarte in seine Wunderwelt. Hier war in verschiedenen Etagen Italien, Orient, Grönland, Paris, Chicago, Grinzing und das Paradies nachgebildet. Jede Etage war ein Land für sich. Man konnte sich den Sitten und Gebräuchen dieses Landes anpassen. Man konnte Speisen und Getränke dieser Länder verzehren. Man konnte auf ein paar Stunden die Sorgen der Umwelt vergessen und aus der trüben Wirklichkeit in eine fantastische Umgebung versetzt werden, und wenn die auch nur aus Pappe, Technik und Schein bestand, so konnte man sich doch in diesem abwechslungsvollen Etablissement recht wohl fühlen, und wieder neuen Lebensmut bekommen.

King Atlas hatte diese kleine Welt mit viel Liebe gebaut. Das Ganze war wohldurchdacht, auf das trefflichste organisiert und mit einer liebevollen Verspieltheit für die Menschen eingerichtet, wie es eben nur ein Philanthrop und seltener Menschenbeglücker, wie King Atlas einer war, erfinden und durchführen konnte. Die Außenwelt anerkannte umsomehr das Unternehmen King Atlas', da er aus kleinen Verhältnissen, aus armseliger Umgebung eines Hinterhauses sich zum Besitzer dieses prachtvollen Etablissements heraufgearbeitet hatte, und das darum nur so prunkvoll und prächtig sein konnte, weil er auch die Schattenseiten dieser Welt kannte. Die Öffentlichkeit wußte aber nicht, daß er die großen Summen zu diesem Magazin des Glücks auf dem Wege einer Erbschaft erhalten hatte, der nicht ganz übersichtlich und klar genug war, um behaupten zu können, daß dieses Geld ihm zu Recht gehörte. Eine Verwandte von ihm hatte durch diesen Erbschaftsprozeß fast ihr ganzes Vermögen verloren. Da aber King Atlas nur auf das Wohl der Menschheit bedacht war, hatte er dieses Mädchen in seinem Unternehmen angestellt. Annemarie hatte alles aufgeben und war nun eine »Angestellte« in diesem Unternehmen.

An einem Abend geschah in diesem Magazin des Glücks etwas Besonderes, das die Geschichte zu unserer Revue lieferte.

Wie jeden Abend fuhren die Gäste mit ihren Wagen vor der Auffahrt des Glücksmagazins vor. Fremde und sorgenvolle Leute, die für ein paar Stunden den Alltag vergessen wollten, strömten herein. Gleich rechts neben dem Eingang befand sich ein Dressing-Room, in dem alle Besucher für diese glücklichen Stunden vorbereitet wurden. Im großen amerikanischen Stil waren hier Gelegenheiten gegeben worden, daß man sich vollständig restaurieren konnte. Nicht nur gebadet, frisiert, maniküt und massiert konnte man werden. Die zahlreichen Angestellten dieser Abteilung erfrischten auch die Besucher mit optimistischen Gesprächen und als Psychoanalytiker nahmen sie ihnen die Sorgen für ein paar Stunden ab und machten ihnen Mut und Hoffnung. Nicht nur für den Besuch des Magazin des Glücks. Unter diesen Angestellten befand sich auch ein junger Mann, der aus Wien zugewandert war und der durch eine Vermittlung, über die seine Kollegen nichts Näheres wußten, in dieser Abteilung für Vorbereitung eingestellt worden war.

In dem großen Sitzungssaal der Direktionsabteilung war eine große Versammlung. King Atlas führte mit der Souveränität eines kleinen lieben Gottes den Vorsitz. Die Teilnehmer an dieser Konferenz waren bunt und international, zusammengewürfelt. Neben dem gemütlichen Wiener Fiaker saß ein Chinese. Neben den Orientalen ein Neger, der Spanier neben dem Indianer. Auf den ersten Blick machte das Ganze den Eindruck einer internationalen Weltkonferenz. Zumal der Chinese sich auch beschwerte, daß die Leute in China unzufrieden seien, kurzerhand nach Hawai auswanderten, weil es ihnen dort besser gefiele. Weil es dort angenehmer wäre zu leben. Oder der alte Wiener Herr beschwerte sich, daß Wien unbedingt modernisiert werden müsse. Die Leute hielten nichts mehr vom alten Wien und was Chicago recht, wäre Wien billig. Schließlich merkte man aber doch, daß das Ganze nur eine Zusammenkunft der Geschäftsführer der einzelnen Unterabteilungen des Magazin des Glücks war. King Atlas entwickelte noch einmal seine strengen Geschäftsregeln und Paragraphen für die Angestellten. So sehr er für seine Gäste alles aufs Beste einzurichten wußte, wurde es den Angestellten nicht so sehr leicht und bequem gemacht. Wenn er auch alle seine Paragraphen in die Thesen von großen kosmopolitischen Anschauungen zu kleiden versuchte, und Keplers Philosophie als Unterlage für seine Bestimmungen, die in seiner kleinen Welt durchgeführt werden sollte, gemacht hatte, war doch klar ersichtlich, daß alle Angestellten hier nichts zu lachen hatten. Der Dienst war streng und schwer. Die Bezahlung mäßig und manche Bestimmungen standen mit dem Namen des Unternehmens »Magazin des Glücks« nicht im rechten Zusammenhang. Zum Beispiel betonte er wieder, daß es aufs Strengste verboten wäre, daß männliche und weibliche Angestellte unter sich irgendwelche Verbindungen aufkommen lassen dürften. Als wichtige Neuerung in dem Betrieb gab er bekannt, daß es ihm gelungen sei, ein hochfürstliches Paar als große Attraktion zu gewinnen, die als illustre Gäste dem Unternehmen einen besonderen Reiz geben würden. Das Paar war für mehrere Abende verpflichtet, als Gäste zu erscheinen. Weiter sei das kleine Kind, das in der Kinderaufbewahrungsstelle, die sich neben der Auffahrt befand und wo die Mütter ihre Kinder den Kindergärtnerinnen zur Beschäftigung und Unterhaltung abgeben konnten, während sie das Magazin besuchten, noch immer nicht wieder abgeholt worden. Vor ungefähr fünf Tagen wäre es abgegeben worden, aber bis heute hätten sich die Eltern noch nicht wieder gemeldet. Selbstverständlich wäre es Pflicht, das Kind weiter zu verpflegen, bis sich die richtigen Eltern fänden. Tief empört gab er aber davon Kenntnis, daß im Paradies zwei falsche Tausendmarkscheine gewechselt wurden und beauftragte den Hausdetektiv Rerebiz, dafür zu sorgen, daß diese Täter, die seinem Prinzip: ein paar Stunden Glück für ehrlich verdientes Geld, nicht über den Haufen werfen dürften.

Im Kindergarten waren eine Anzahl von Kindergärtnerinnen und Kindermädchen mit der Unterhaltung der abgegebenen Kinder beschäftigt. Puppentheater und Tierkinderzoo standen zur Verfügung. Aber den Mittelpunkt bildete das Baby, das nicht wieder abgeholt worden war. Alle kümmerten sich um dieses kleine Kind, besonders auch das Personal machte ihm Geschenke, wie die Weisen aus dem Morgenlande. Auch Reithover, der diesen Abend freihatte, besah sich das kleine Kind und erkundigte sich interessiert, wie es hergekommen und was nun mit ihm geschehen würde. Gretel Klinke, ein patentes, modernes Berliner Mädel, das hier als Kindermädchen angestellt war, und das speziell mit der Betreuung des elternlosen Babys beauftragt war, lernte Reithover bei dieser Gelegenheit kennen und verliebte sich in ihn. Reithover, der jetzt endlich einmal sich das Magazin des Glücks, in dem er angestellt war, als

Privatmann ansehen wollte, hatte seinen Freund, den Dichter Carl Maria Blind, eingeladen, ihn durchgeschmuggelt und machte ihn jetzt mit Gretel Klinke bekannt, da er seine Stellung nicht gern aufgeben wollte, weil es ja verboten war, daß männliche und weibliche Angestellte irgendwelche Beziehungen untereinander unterhielten. Und so besuchte also Reithover allein die verschiedenen Etagen und Gretel Klinke begnügte sich mit dem Dichter Blind.

Die Verbindung der einzelnen Etagen stellte der kleine Train bleu her, der alle Gäste von Hawai nach Spanien, von Spanien nach China beförderte. Carl Maria Blind wurde immer von den Argusaugen des Detektiv Rerebiz überwacht und wurde vom Zugführer als blinder Passagier mitgeschmuggelt. Das fürstliche Paar fuhr auch mit diesem Zug.

Und jetzt spielte sich in den verschiedenen Abteilen eine Komödie ab.

Annemarie, die Verwandte des King Atlas, die auch mit dem Zug aus dienstlichen Gründen von einer Abteilung in die andere fahren mußte, verliebte sich auch in Reithover und fand diesmal mehr Entgegenkommen, als Gretel Klinke, die das mit Eifersucht bemerkte. Der Detektiv Rerebiz fand heraus, daß das fürstliche Paar garkein echtes Fürstenpaar sei, sondern die Gauner, die die falschen Tausendmarkscheine unter die Leute bringen wollten. Aber King Atlas wollte das nicht wahrhaben. Er wollte es nicht glauben und fürchtete einen geschäftsschädigenden Skandal. Zumal ihm die Fürstin, die ihm sehr gut gefiel, erklärte, daß das Kind, das in seiner Kinderaufbewahrungsstelle nicht abgeholt worden sei, bestimmt aus einem anderen Fürstengeschlecht entführt worden sei und King Atlas in eine schlimme Situation kommen würde, wenn sie nicht vermittelnd gegen eine entsprechende Entschädigung das Kind zu den richtigen Eltern zurückbringen würde. Reithover und Annemarie fanden nur selten Gelegenheit, miteinander allein zu sein und die ganze Fahrt durch das Magazin des Glücks war für sie wie eine Hochzeitsreise um die Welt. Überall waren sie glücklich und je höher hinauf sie fuhren, umso mehr fanden sie sich zueinander. Gretel Klinke drohte in ihrer Eifersucht, dem Chef zu verraten, daß die beiden Angestellten ein Liebesverhältnis miteinander unterhielten, was bedeuten würde, daß sie ihre Stellungen in diesem

Glücksmagazin verlieren würden. Der Dichter Blind wurde als Schnorrer und blinder Passagier in dieser Welt, die ihn zu bewundernden Gesängen anregte, erkannt und er mußte dem Zugführer vor jeder Weiterfahrt erst ein Gedicht aufsagen, ehe er mitfahren durfte, das im voraus das Land besinge, in das Train bleu fahren sollte. Der Zugführer, dessen Aufgabe es war, vorher immer schon die Eigenarten und Vorzüge der nächsten Etage anzukündigen, hatte mit diesen Gedichten des Carl Maria Blind einen viel stärkeren Erfolg, und sie erwiesen sich als viel attraktiver, als die seinen nüchternen Empfehlungen. Und die Fahrt ging weiter zu den anderen Stationen. Die beiden Liebenden, Reithover und Annemarie, entdeckten eine neue Gefahr für sich. Denn ein junger Mann, der sich Kiebitz nannte, und der schon überall durch seine stimmungsfördernde Regsamkeit aufgefallen war, entpuppte sich als ein Konkurrent für die Stelle Reithovers. Annemarie wiederum wurde ebenfalls eifersüchtig, als sie bemerken mußte, wie ihr Reithover mit Gretel Klinke Heimlichkeiten hatte, um deren Eifersucht zu beschwichtigen.

Im Paradies endlich, das sich auf dem Dachgarten des Hauses befand, fand dieser seltsame Abend seinen Höhepunkt. Reithover und Annemarie verrieten sich plötzlich, als sie hörten, daß das Kind von den Fürsten fortgeschafft werden sollte. King Atlas erfuhr zu seiner Überraschung, daß Annemarie ihren Freund Reithover in den Betrieb eingeschmuggelt und ihm eine Stellung vermittelt hatte, und da sie beide jetzt in dem Betrieb tätig waren, ihr gemeinsames Kind bei der Kinderaufbewahrungsstelle »in Pflege« gegeben hatten und es jetzt zur Aufregung des ganzen Etablissements wieder zu sich nahmen. Hierbei kam auch der Erbschaftsschwindel King Atlas' heraus. Gretel Klinke und der Dichter Carl Maria Blind fanden, daß sie gerade durch ihre Gegensätzlichkeit gut zueinander paßten. Das »Fürstenpaar« wurde festgenommen und schließlich wurde diese kleine Welt des King Atlas, nachdem sich die richtigen Paare gefunden, zu einem wirklichen Magazin des Glücks.

Exposé: Magazin des Glücks. Dritte Fassung.

1. Bild: Auffahrt.

Die Fürstin, Inhaberin des »Magazin des Glücks«, einer Illusionsfabrik, wird von ihrem Generaldirektor, King Atlas erwartet. Sie will ihr Magazin des Glücks nun endlich besichtigen, denn sie weiß nicht, was sie hat. Bevor die Fürstin erscheint, versucht Reithofer, ein Illusionserfinder, mit einem ausgearbeiteten Exposé King Atlas zu sprechen. King Atlas weist ihn ab. Er habe heute keine Zeit. Er müsse die Fürstin, die Besitzerin, empfangen und durch das Magazin führen.

Reithofer erfährt durch den Portier, daß die Fürstin die Alleininhaberin ist. Dann fährt die Fürstin vor. Reithofer sieht sie und ist hingerissen, ohne jedoch die Absicht seines Besuches zu vergessen. Er kommt aber nicht, wie King Atlas ihm geraten, morgen durch den Eingang für Lieferanten, sondern er löst sich sofort eine Eintrittskarte und ist jetzt Gast des Magazins des Glücks. Er glaubt, jetzt King Atlas, eventuell sogar die Fürstin, für seine Illusionserfindung zu interessieren.

2. Bild: Der Kongreß.

An dem Kongreß beteiligen sich zuerst nur die Direktoren der verschiedenen Abteilungen des Magazin des Glücks. Wir lernen die Struktur, den Sinn und die Geschäftsordnung des Hauses kennen. King Atlas hofft, zum Ausbau des Magazin des Glücks und zur Erschaffung neuer Illusionen von der Fürstin eine größere Summe zur Subvention zu bekommen.

Jetzt kommt die Fürstin herein, läßt sich berichten und ist prinzipiell nicht abgeneigt, auf die Wünsche King Atlas' einzugehen, will aber vorher das Magazin des Glücks genau kennenlernen. Man bricht auf, um sie herumzuführen.

Reithofer kommt und bietet King Atlas abermals seine Illusion an, verrät aber nicht, was er hat und möchte zuerst Geld sehen. King Atlas erklärt ihm, das hinge alles von der Fürstin ab.

3. Bild: Dressing-room.

Reithofer ist jetzt ein Gast und läßt sich auch genau so behandeln.

Als erstes läßt er sich in dem Dressing-room auffrischen und herrichten und lernt dabei eine Angestellte kennen. Es ist Annemarie, der er sich zu nähern versucht, von ihr aber zurückgewiesen wird. Es kommt zu einer heftigen Auseinandersetzung. Reithofer beschwert sich, Annemarie wird entlassen. Jetzt tut Annemarie Reithofer leid. Er versucht sie zu trösten und steigt mit ihr in den train bleu, um mit ihr durch das Magazin des Glücks zu fahren.

4. Bild: Hawaii.

Die Fürstin besichtigt mit Gefolge die glücklichen Inseln. Der Sekretär schlägt ihr dabei vor, daß es eigentlich ein gutes Geschäft wäre, diese glücklichen Inseln aufeinander zu hetzen und einen Krieg zu finanzieren, anstatt das Magazin des Glücks weiter aufzubauen. Die Fürstin zeigt sich abermals prinzipiell einverstanden und verlangt von ihm einen Kostenanschlag und eine Rentabilitätsberechnung. Der tüchtige Sekretär beauftragt den Dichter Blind, auf alle Fälle ein schneidiges Kriegslied für Hawai zu fabrizieren. Der Dichter erklärt ihm, daß er ein Dichter sei und dazu eine Inspiration brauchte in Form eines Mädchens. Damit kann der Sekretär nicht dienen. King Atlas erscheint und erfährt die Intrige vom Krieg. Es wird ihm jetzt klar, daß man jetzt die Fürstin mit menschlicher Sympathie für das Magazin des Glücks herumkriegen müsse. Vor allen Dingen müsse man heute in allen Räumen des Magazins alle Minen springen lassen, um die Fürstin von dem Unternehmen zu bezaubern.

Reithofer und Annemarie erscheinen. (Glück unter Palmen.) Mitten im Glück erklärt ihr Reithofer, er wäre noch glücklicher, wenn er seine Erfindung hier anbringen könnte. Sie fragt, was das für eine Erfindung sei. Er hüllt sich in geheimnisvolles Schweigen, worauf sie erklärte, sie hätte genug von den Palmen, sie möchte in kultiviertere Zonen.

5. Bild: Paris.

Hier erfährt Reithofer nochmals, daß die Fürstin alles finanziert, und die geeignete Stelle ist, seine neue Illusion zu realisieren.

Die Fürstin sitzt am Nebentisch und Reithofer läßt Annemarie sitzen, ohne die Zeche zu begleichen. Er gerät in Komplikationen mit dem Gefolge der Fürstin, setzt sich aber durch seinen angeborenen Charme durch. Der Dichter, der noch immer kein Kriegsgedicht hat, und die Inspiration sucht, entdeckt die verlassene Annemarie, zahlt ihre Zeche, tröstet sie und hofft im Innern, daß ihm nun endlich das Kriegslied einfallen möchte, das dann die Fürstin so begeistern würde, daß sie ihr Geld für einen Krieg gäbe.

6. Bild: Vesuv.

King Atlas hat inzwischen einen Plan gefaßt, wie er sich bei der Fürstin in eine günstige menschliche Position hineinspielen kann. Er führt jetzt gewissermaßen Regie. Sein Plan besteht darin, die Fürstin in Gefahren zu bringen, nämlich dadurch, daß er den Vesuv ausbrechen und die Erde sich dehnen läßt, worauf er die Fürstin, die von Natur aus überaus ängstlich ist und an einer unwahrscheinlichen Todesangst leidet, aus einer konstruierten Gefahr (aus einem bebenden Haus) rettet. Er hofft dann, die Sympathie der Fürstin zu gewinnen und sie so zu Dank zu verpflichten, daß sie das Magazin des Glücks wieder bevorschußt. Es kommt aber ganz anders. Reithofer rettet die Fürstin. Die Fürstin verliebt sich hierauf etwas in Reithofer.

Annemarie, die Reithofer mit dem Dichter Blind gefolgt ist, wird eifersüchtig und aus Trotz hängt sie sich an den Dichter, dem hierauf sofort ein Kriegsgedicht einfällt. Es fehlt nur noch der Refrain. King Atlas ist sehr enttäuscht und schlägt der Fürstin vor, nach Chicago zu reisen, wo er bereits heimlich ein Attentat ausgeheckt hat.

7. Bild: Night-Club in Chicago.

Das Bild beginnt damit, daß King Atlas mit richtigen Gangstern eine Entführung der Fürstin plant und von dem Lösegeld dann sein Magazin erneuern will. Annemarie stellt Reithofer zur Rede. Er weist sie aber ab, weil er die Fürstin weiter verfolgt, angeblich aus Liebe, in Wahrheit aber, um seine Illusion geschäftsbringend unterzubringen. Aber auch dieses Attentat King Atlas' mißlingt. Und zwar ebenfalls durch Reithofer, der gleich nach der Errettung der Fürstin seine Erfindung anbietet. Die Fürstin wird darauf stutzig und ist sehr enttäuscht über ihren Retter, daß er nicht aus Liebe, sondern aus Geschäftsprinzip sie errettet hat. Sie läßt ihn stehen. Und jetzt keimt in ihr der Gedanke, das Geld doch lieber für einen Krieg zu geben.

Annemarie und der Dichter kommen. Annemarie wird nun Zeuge der Szene, wie die Fürstin Reithofer stehen läßt. Sie mimt nun die Unnahbare Reithofer gegenüber und geht mit dem Dichter, um sich an Reithofer zu rächen. Das Kriegslied gefällt der Fürstin sehr, so daß man die Befürchtung hegen muß, daß sie tatsächlich ihr Geld benutzen will, um die Inseln in einem Krieg aufeinander zu hetzen.

King Atlas ist wütend auf den Störenfried Reithofer und beschließt, ihn durch seinen Direktor Wallburg hinauswerfen zu lassen. Aber Reithofer erkennt in dem Direktor Wallburg einen alten Freund aus der Zeit, als es ihnen beiden noch sehr dreckig ging und fragt ihn, wie er diese Position errungen hat, worauf ihm Wallburg antwortet, er habe diese Position nur bekommen, weil er eine dunkle Sache von King Atlas gewußt habe. Reithofer fällt nun ein, daß er auch eine dunkle Geschichte von Wallburg weiß und auf diese Weise wurde ihm eine Stelle als Geschäftsführer in einer Abteilung des Hauses versprochen.

Pause.

8. Bild: Grinzing.

Annemarie und der Dichter Blind sitzen beim Heurigen. Annemarie ist schon etwas beschwipst und durch diesen Schwips bringt sie den Dichter auf den richtigen Refrain, der ihm zu seinem Kriegslied noch gefehlt hat. Kaum hat er den Refrain gefunden, läßt er Annemarie sitzen, denn nun hat sie ja ihre Mission bei ihm erfüllt.

Reithofer wird nun feierlich eingeführt als Direktor der Abteilung Grinzing. Er fühlt sich im siebenten Himmel. Annemarie steht unter den Spalierbildenden. Reithofer rauscht aber stolz an ihr vorbei und rächt sich für ihr Benehmen in Chicago.

Während des ganzen Heurigentrubels verläßt Annemarie enttäuscht, ernüchtert und unglücklich die Stätte.

9. Bild: Orient.

Die Fürstin besichtigt die Sphinx, Harems und Wahrsagerinnen. Eine Wahrsagerin prophezeit ihr unwahrscheinlich gute Dinge. Im heimlichen Auftrage King Atlas'. Die Wahrsagerin warnt sie davor, einen Krieg zu finanzieren und rät ihr dringend, ihr gesamtes Geld in das Magazin des Glücks zu stecken. Da erscheint ihr Sekretär mit den Kalkulationen, aus denen es sonnenklar hervorgeht, daß der Krieg das bessere Geschäft ist. Die Fürstin kämpft noch mit ihrem Aberglauben, aber der Sekretär redet ihr diesen aus. Nun ist sie entschlossen, den Krieg zu finanzieren. King Atlas ist verzweifelt und beruft alle Direktoren ein. Unter ihnen auch Reithofer. King Atlas erklärt ihnen die Situation und daß er keinen Ausweg aus der Krise wüßte. Das Magazin des Glücks sei gefährdet. Reithofer gibt King Atlas die Idee, die Fürstin auf den Nordpol zu führen. Das sei ein Naturschauspiel comme il faut. Die Fürstin entschloß sich, den Nordpol anzusehen, obwohl sie kein Geld mehr für das Magazin des Glücks geben kann, weil sie es in dem Krieg schon fest angelegt habe.

10. Bild: Nordpol.

Annemarie steht verlassen auf dem Nordpol. Sie hält einen Monolog. Sie gibt sich der Illusion hin, am Nordpol erfrieren zu können. Das sei ein angenehmerer Tod, als in die reale Welt zurückzukehren. Reithof er erscheint, um sich zu überzeugen, ob das Naturschauspiel auch ordnungsgemäß funktioniert. Wie er das Mädchen dort einsam und verlassen auf dem Nordpol sitzen sieht, tut sie ihm sehr leid. In diesem Augenblick finden sich beide wieder zusammen.

Die Fürstin erscheint mit King Atlas und großem Gefolge. King Atlas führt die Polarpracht vor, schaltet das Nordlicht ein. Die Fürstin ist zwar sehr ergriffen von der Größe der ewigen Polarnacht und meint, wenn sie das vorher gesehen hätte, hätte sie keinen Krieg finanziert. Aber jetzt sei es ja zu spät, der Sekretär habe schon die Verhandlungen mit den kriegführenden Parteien angefangen. King Atlas macht ihr Vorwürfe und erklärt ihr, daß ein Krieg trotzdem ein riskantes Geschäft sei, aber die Fürstin setzt ihm auseinander, daß man es schon geschickt genug angefangen habe. Man habe jede Insel mit Geld versehen und wenn eine gewänne, erziele man doch noch einen großen Überschuß, der weit über das investierte Kapital hinausgeht.

Auf dem Nordpol ist große Trauer und keine Stimmung. Da platzt plötzlich der Sekretär mit der Nachricht herein, die Insulaner, die zum Kriegführen verleitet werden sollten, wären scheinbar verrückt geworden, oder böswillige Konkurrenten seien am Werke, denn sie dächten nicht daran, Krieg zu führen. Eine Konkurrenz habe ihnen auseinandergesetzt, daß Frieden ein großes Geschäft wäre. Sie wiesen das Geld zurück. Jetzt kann die Fürstin das Geld für das Magazin geben und Reithofers Illusion wird verwirklicht.

11. Bild: Paradies.

Reithofers große Illusionsattraktion war die Schaffung des Paradieses. Mit dem Geld der Fürstin ist auf dem Dachgarten des Magazins ein neues Elysium geschaffen worden. Alles ist glücklich. Annemarie und Reithofer haben sich gefunden. King Atlas kann seine philanthropische Theorie, daß den Menschen heute für ein paar Stunden Illusion und Glück fehle, weiter verwirklichen.

Die Fürstin freut sich auch an diesem glücklichen Bild. Der Dichter ersetzt in seinem Kriegslied alle kriegerischen Worte durch Worte des Friedens und bringt so ein Epos des Friedens, das von allen gesungen wird.

Man beschließt, das ganze »Magazin des Glücks« in ein Paradies umzuwandeln, um so der realen Welt ein Vorbild zu geben.

Exposé: Magazin des Glücks. Vierte Fassung.

Prolog

Die Außenfront und Auffahrt des »Magazins des Glücks«.

Auto fahren vor. Gäste gehen in das Haus, das festlich erleuchtet ist, und aus dem aus allen Abteilungen die Musik heraustönt. Neben der Auffahrt wartet rechts ein junger Mann, Reithofer, ein österreichischer Kellner auf seine Freundin. Links wartet Annemarie, ein frisches, patentes berliner Mädel, Büroangestellte, auf ihren Freund. Die Fürstin fährt vor, wird empfangen und von dem Generaldirektor, King Atlas, ins Haus geführt. Die beiden jungen Leute warten vergeblich.

Die Fassade des Magazins verdunkelt sich. In der oberen Etage wird eine Konferenz sichtbar, an der alle Abteilungsleiter teilnehmen, auch die Fürstin, die die Geldgeberin dieses Unternehmens ist. King Atlas bittet um finanzielle Unterstützung, um sein Unternehmen ausbauen zu können. Die Fürstin will es anschauen und bezweifelt, daß man wirklich von Illusionen glücklich werden kann. King Atlas schlägt vor, zwei Menschen durch das Magazin zu schicken und garantiert, daß sie glücklich werden würden. Die Fürstin ist einverstanden, will aber selbst die beiden Menschen von der Straße heraufholen. Sie verläßt den Raum, während sich das Konferenzzimmer wieder verdunkelt und die Fassade wieder in der Lichtreklame erstrahlt.

Reithofer und Annemarie sind von ihren Bekannten versetzt worden. Reithofer nähert sich Annemarie und will sie einladen, bekommt aber eine Abfuhr. Da rauscht die Fürstin mit Gefolge die Treppe herunter, aus der geöffneten Tür heraus und lädt Reithofer und Annemarie als Gäste in das Magazin ein. Beide sind ganz verwundert. Ihnen kommt das ganze wie ein Wunder vor und sie gehen ohne ein Wort zu sagen mit King Atlas und der Fürstin in das Magazin hinein, aus dem wieder alle Melodien lockend herausklingen.

Zweites Bild

In Italien am Vesuv sind lauter glückliche Pärchen auf der Hochzeitsreise. (Opernparodie.) Reithofer und Annemarie stehen dieser komischen Situation abwartend gegenüber. Es scheint aber so, als ob sie sich wirklich einander nähern würden. King Atlas frohlockt. Aber die Fürstin ist skeptisch. Weil aber King Atlas seiner Sache sicher ist, schlägt er eine Wette vor. Wenn sich das Paar wirklich findet, und glücklich wird, soll die Fürstin ihm die Mittel zum Ausbau weiterer Illusionen zur Verfügung stellen. Kaum hat die Fürstin eingewilligt, haben Reithofer und Annemarie schon einen Krach. Man besteigt den train bleu, der die einzelnen Abteilungen untereinander verbindet, und fährt nach Paris.

Drittes Bild

Kabarett in Paris. Reithofer und Annemarie werden nebeneinander placiert. Die Fürstin gefällt Reithofer ungeheuer und er mißdeutet das Interesse, das sie für ihn zeigt, läßt Annemarie sitzen und geht zu der Fürstin. Darüber ist King Atlas sehr erbost und enttäuscht, denn insgeheim hat er gehofft, daß die Fürstin auch von den Illusionen hingerissen an ihm Gefallen finden würde. Während er jetzt die verlassene Annemarie väterlich und menschlich tröstet, aber aus eindeutigen Profithintergründen verlassen die Fürstin und Reithofer, der ihr sehr gefällt, Paris. King Atlas glaubt, daß die unscheinbare Annemarie dem Reithofer nicht gefällt, weil sein Sinn auf vornehme und mondäne Frauen gerichtet ist. Darum kleidet er sie ein und fährt mit ihr nach Chicago.

Viertes Bild

Südseeinsel. Die Fürstin und Reithofer sitzen zusammen. Zwischen beiden scheint eine Zuneigung aufzukeimen. Aber jetzt kommt King Atlas dazwischen. Und sofort zeigt sich die Fürstin wieder fremd; denn es ist ihr peinlich, wenn Reithofer erführe, welches Experiment sie mit ihm vorhat. King Atlas sagt, daß Annemarie in Chicago auf Reithofer warte und man begibt sich dorthin.

Fünftes Bild

Vornehmes Gesellschaftsbild in Chicago. Annemarie ist als die auffallendste Erscheinung von vielen Kavalieren umschwärmt. Als Reithofer sie sieht, ist er tatsächlich überrascht und weil ihn die Fürstin enttäuscht hat, versucht er, wieder eine Verbindung herzustellen. Die Fürstin ist darüber sehr traurig, darf aber nichts sagen. King Atlas bemerkt, diese Sympathie der Fürstin zu Reithofer, macht ihr Vorhaltungen und die Fürstin muß auf Reithofer verzichten für die Idee. Annemarie ist aber jetzt sehr stolz und läßt Reithofer, der mit den vornehmen Kavalieren nicht konkurrieren kann, abblitzen, der darüber ziemlich verzweifelt ist. King Atlas ist wütend über Annemarie. Reithofer erklärt King Atlas, daß das durchaus verständlich sei. Sie würde sich weiter so benehmen, wenn sie so als große Dame verkleidet, herumläuft. Da hat King Atlas einen Plan: engagierte Gentlemenverbrecher sollen der Annemarie Kleider und Schmuck rauben. Mitten im Tanz umstellen die gemieteten Gangster die Gesellschaft. Anfangs protestiert man, daß Chicago immer als Verbrechernest dargestellt wird, aber die Sache wird ernst. Annemarie wird tatsächlich beraubt. Im gefährlichsten Augenblick errettet sie aber Reithofer und Annemarie ist ihm wieder zugetan. Aber jetzt will wieder der beleidigte Reithofer nichts von ihr wissen. King Atlas ist verzweifelt und sieht nur mehr eine letzte Möglichkeit: er vertraut sich Reithofer an und verspricht ihm, Abteilungsleiter von Grinzing zu werden, wenn er das Mädchen als seine Geliebte betrachten würde und beide in »Glück machten«.

Reithofer willigt ein. Die Fürstin hofft immer noch, daß sie die Wette gewinnen wird, weil dann auch Reithofer wieder frei ist.

Pause

Sechstes Bild

Beim Heurigen in Grinzing. Reithofer fungiert als Abteilungsleiter und macht Stimmung, er ist gewissermaßen der Wirt und Annemarie die Wirtin. Es sieht so aus, als ob beide glücklich sind. (Falsches Glück.) Die Fürstin und King Atlas besuchen Grinzing und King Atlas versucht, die Gunst der Fürstin wieder zu gewinnen und hofft auf die Wirkungen seiner Illusionen. Er zeigt der Fürstin, daß er die Wette gewonnen hat, denn Reithofer und Annemarie sind wirklich nach außen hin eine Seele und ein Herz. Anschließend erklärt King Atlas der Fürstin das Projekt seiner neuen Illusionen. Als nächstes will er den Orient umbauen. Die Fürstin erklärt die Wette verloren und sich bereit, die Mittel zur Verfügung zu stellen.

Siebentes Bild

Orient. Unter King Atlas' Führung wird die Abteilung Orient umgebaut. Die Fürstin sieht zu. Plötzlich erscheint Reithofer und erklärt den beiden, daß ihm seine Annemarie weggelaufen sei und er selbst hätte auch genug. Das wäre kein Glück gewesen, sondern die Hölle auf Erden. Die Fürstin nimmt dieses Eingeständnis überrascht zur Kenntnis und läßt die Umbauarbeiten im Orient sofort einstellen. Es bleibt alles beim alten, sagt King Atlas resigniert, wie es schon Jahrtausende war. Fernerhin erkundigt er sich bei Reithofer, wohin denn Annemarie gelaufen sei. »Sie hat mir die Türe vor der Nase zugeworfen« erklärt Reithofer, »und mir scheint, der Richtung nach muß sie nach dem Nordpol gelaufen sein.«

Achtes Bild

Am Nordpol. Annemarie hält einen Monolog und bedauert sich selbst und findet sich überflüssig auf der Welt. Am liebsten möchte sie erfrieren, weil das der angenehmste Tod ist. Man schläft auf Erden ein und dann schneit es nur ein bißchen und man erwacht im Paradies. King Atlas reißt sie aus ihren Gedanken und setzt ihr auseinander, daß sie ins Paradies bequemer kommen könnte. Reithofer warte auf sie im Paradies. Er erklärt ihr, sterben hat keinen Sinn, man muß leben.

Neuntes Bild

Paradies. Reithofer steht unter dem Baum der Erkenntnis und bedauert lebhaft in Form eines Monologes, daß der liebe Gott die Frauen erschaffen hat. Er beschimpft die Schlange King Atlas, die mit ihm solche Experimente gemacht hat. Da betritt Annemarie den Garten Eden und gerät mit Reithofer in eine heftige Auseinandersetzung. (Haßliebe.) King Atlas kommt, wird wütend über die verstockten Nichtliebhaber, die scheinbar auf keinen Fall glücklich werden wollen. Er weiß keinen neuen Ausweg mehr, gerät in sinnlose Wut und wirft die beiden Menschenkinder à la Erzengel aus dem Paradies hinaus. Kaum ist dies geschehen, erscheint die Fürstin und kündigt Atlas zum nächsten Ersten, weil er mit Geld Liebe und Glück zweier Menschenkinder erzwingen wollte und sie bezwungen hat und so gegen das heiligste Gesetz des Magazins des Glücks (Illusionsfabrik) gesündigt hat. Die Fürstin ist überhaupt über alles so enttäuscht. Sie möchte garkein Magazin des Glücks haben. King Atlas bittet sie immer noch, zu bleiben, denn er hätte noch eine letzte Überraschung für sie. Aber sie will nicht und geht hinaus.

Zehntes Bild

Berlin. Tiergarten. Auf einer Bank. Reithofer und Annemarie setzen sich auf diese Bank, nachdem sie aus dem Paradies hinausgeflogen sind. Sie danken Gott im Himmel, daß sie endlich wieder in die Realität zurückgekehrt sind, und nun vollzieht sich die so lang ersehnte Annäherung zwischen den beiden auf besagter Bank im Tiergarten. King Atlas erscheint überraschend und findet beide in höchstem Glück, gratuliert ihnen und sich. Läßt die Fürstin herbeirufen und demonstriert ihr das Glück, und behauptet, er hätte die

Wette doch noch gewonnen. Reithofer und Annemarie protestieren. Sie befänden sich nicht mehr in einer Illusionswelt, sondern auf einer Bank im Tiergarten. Nun spielt King Atlas seinen großen Trumpf aus, beweist ihnen, daß sie sich geirrt hätten: die Tiergartenbank sei auch nur eine Abteilung des Magazin des Glücks. Fanfaren und Chöre ertönen. In dem Park wird ein Denkmal enthüllt, das die Fürstin darstellt, als eine Göttin der Illusion. Im großen Schlußbild wird King Atlas nun von der gerührten Fürstin wieder eingesetzt und alles schließt mit einem Hymnus auf den Triumph der Illusion.

Filmexposé: Brüderlein fein!

Ein Film aus der Biedermeierzeit

1.

Der reiche Schreiner und Baumeister Rappelkopf ist ein ungeheurer Menschenfeind, obwohl er eigentlich keinen rechten Grund dazu hat, aber sein mißtrauisches Wesen ist eben kaum mehr zu überbieten. Immer fühlt er sich belogen, betrogen, bestohlen – ja selbst seiner braven Tochter Maly traut er immer alles Schlechte zu und befürchtet auch immer nur allerhand Bosheiten von ihrer Seite.

2.

In der Nähe der kleinen Stadt, in welcher Rappelkopf lebt, haust auf seinem Schlosse der überaus reiche Herr von Flottwell, wie man so zu sagen pflegt »in Saus und Braus«.

Maly hält es zu Hause nicht mehr aus und beschließt mit ihrer Zofe Lieschen durchzubrennen und zu ihrem Geliebten nach Italien zu fahren. Die beiden brennen auch durch, Rappelkopf tobt, als er dies erfährt, und nun steigert sich sein mißtrauisches Wesen so sehr, daß er sich einbildet, seine Frau hege ein Mordkomplott gegen ihn. Er hatte nämlich seine Frau belauscht, als sie dem läppischen Diener Christian den Auftrag gab, eine Gans zu schlachten. Dabei hatte er es aber überhört, daß es sich um eine Gans dreht und bezog dieses Abschlachten auf sich selbst. Heimlich rafft er nun all sein Geld zusammen und verläßt sein Haus.

3.

Maly und Lieschen fahren unterdessen in ihrer Kutsche auf ihrer Reise nach dem Süden durch einen wunderbaren Wald, und die beiden Mädchen beschließen, in einem Weiher am Waldrand ein Bad zu nehmen. Dabei werden sie von dem unwahrscheinlich reichen Edelmann Herrn von Flottwell überrascht, der gerade seiner Jagdleidenschaft frönt.

Er ist fasziniert von Maly und auch sein ihn begleitender Diener Habakuk ist begeistert von Lieschen. Herr und Diener streiten sich gerade, wer die Schönere sei und fangen unwillkürlich an, lauter zu sprechen, da werden sie von den beiden Mädchen erkannt, die erschreckt in ihre Kutsche flüchten und eiligst davonfahren.

4.

Herr von Flottwell und Habakuk ziehen etwas bedrückt auf ihr Schloß zurück, wo sie bereits von der großen Jagdgesellschaft erwartet werden. Flottwell ist dank seines Geldes von vielen »Freunden« umgeben, die ihn umschmeicheln und ausnutzen. Er selbst hatte sein Geld von seinem Vater geerbt, und seine Lebensphilosophie besteht darin, sein Leben großartig zu genießen. Er hat keine Beziehung zum Geld und betrachtet sich von seinem Glück herausgefordert, ein Verschwender im wahren Sinne des Wortes.

Aber er ist sich dessen auch bewußt, daß aller Wahrscheinlichkeit nach solch ein leichtsinniger Lebenswandel bereits auf Erden seine Sühne finden muß, und aus diesen Erwägungen heraus bildet er es sich ein, daß ihn nur eine Frau retten könnte, aber es müßte die rechte sein. Und nun bildet er sich weiter ein, diese rechte wäre Maly. Er läßt überall nach ihr forschen und sendet sofort berittene Kuriere in der Richtung, die die Kutsche Malys genommen hatte. Sie finden jedoch Maly nicht, denn sie ist bereits umgekehrt und zwar aus folgendem Grund:

5.

Maly hatte noch am selben Abend in einem Wirtshaus, in dem sie mit Lieschen übernachten wollte, einen Postkurier getroffen, der, wie er bei der Anmeldung ihren Namen hörte, ihr einen Brief ihres Kunstmalers übergab, mit dem er unterwegs zu ihr war. In dem Brief steht unter schönen Redensarten die Mitteilung, daß er soeben in Italien geheiratet habe. Maly ist außer sich vor Verzweiflung und fährt mit Lieschen im schnellsten Tempo zurück.

6.

Zu Hause angelangt erfährt sie, daß der Vater mit dem Gelde verschwunden ist, und daß also nun ihre Mutter und sie bitterste Not erwartet. Auch Lieschen muß sich von Maly trennen.

7.

Rappelkopf hatte sich mit seinem Gelde in eine wilde Bergeinsamkeit zurückgezogen und lebt dort als grimmiger Menschenfeind.

8.

Frau Rappelkopf und Maly ziehen in die große Stadt, mieten sich ein kleines Zimmer, und in all dem Unglück hat Maly noch insofern Glück, daß sie durch ihre zierliche Naturstimme als kleine Sängerin ans Stadttheater engagiert wird.

9.

Lieschen bekommt durch einen Zufall einen Posten auf des Herrn von Flottwell Schloß – der Diener Habakuk erkennt sie wieder und teilt dies sofort seinem Herrn mit, der gerade an einem großen Gelage beteiligt ist. Herr von Flottwell erkundigt sich sofort überaus aufgeregt nach dem Wohnsitz Malys, aber Lieschen kann ihm keine Auskunft geben. Er erfährt nur durch sie, wer Maly ist und auch einiges über ihr Schicksal.

Lieschen und Habakuk kommen sich immer näher.

10.

Maly tritt nun fast jeden Abend im Theater auf, denn sie ist allmählich ein Liebling des Publikums geworden. Eines Abends besucht Herr von Flottwell das Theater, erkennt in der Sängerin seine langgesuchte und herbeigesehnte Maly, stürzt in der Pause in die Garderobe und erklärt ihr seine Liebe. Maly ist etwas verwirrt, aber sie merkt es dennoch gleich, daß er ihr sehr gefällt. Sie verabreden, daß sie nach dem Theater zusammen essen wollen. Die Garderobiere macht vor Herrn von Flottwell einen Hofknicks, so sehr ist sie durch sein vieles Geld beeindruckt.

Herr von Flottwell möchte gerade in seine Loge zurück, die Vorstellung hat schon wieder begonnen, da muß er in der Logentür von dem vor Aufregung außer sich geratenen Habakuk erfahren, daß er sein ganzes Geld, das er leichtsinnigerweise in Unternehmungen seiner »Freunde« gesteckt hatte, verloren hat, und daß er also nun ein bettelarmer Mensch ist.

Herr von Flottwell ist sehr erschüttert und besonders darüber, daß ihm dieses Unglück gerade in dem Augenblick hat zustoßen müssen, da er die für ihn richtige Frau gefunden zu haben meinte. Er verläßt auch sofort das Theater und läßt sich bei Maly entschuldigen, denn er kann sie ja nicht einmal mehr zu einem Abendessen einladen.

11.

Rappelkopf haust inzwischen noch immer in seiner Bergeinsamkeit und behütet in seiner Hütte, die er seinerzeit einer armen Familie abgekauft hatte, sein Geld. Immer wieder vermutet er Einbrecher und Mörder und brüllt dann zum Fenster heraus um Hilfe, so daß die Bauern aus dem nahe gelegenen Dorf eiligst herbeilaufen. Diese Szenen wiederholen sich immer wieder, und immer wieder stellt es sich heraus, daß die Einbrecher und Mörder nur in Rappelkopfs Phantasie vorhanden waren. Und allmählich denken natürlich die Bauern garnicht mehr daran, dem hilfebrüllenden Rappelkopf zu helfen, sondern rühren sich nicht von ihren Feldern und lachen ihn nur aus.

Eines Tages dringen aber wirklich Einbrecher bei Rappelkopf ein und rauben ihm seinen Schatz. Wieder brüllt er um Hilfe, aber es rührt sich niemand. Da verdammt und verflucht er alle diese Menschen, die ihm nicht geholfen haben und muß nun wohl oder übel seine Hütte verlassen, in die Stadt ziehen und dort versuchen, sich irgendwie durchzuschlagen.

12.

Auf der Landstraße trifft er nach einigen grotesken Abenteuern Herrn von Flottwell, der nun ebenso wie er als ein Landstreicher durch die Welt zieht und auch bereits seine Abenteuer hinter sich hat. Sie ziehen gemeinsam weiter und Flottwell erzählt ihm von seiner großen Liebe zu einer berühmten Sängerin. Rappelkopf lacht ihn nur höhnisch aus.

13.

Bei ihren Wanderungen kommen sie auch an dem Schloß, das ehemals Herrn von Flottwell gehörte, vorbei. Es stellt sich nun heraus, daß der derzeitige Schloßbesitzer der Diener Habakuk, und die derzeitige Schloßherrin Lieschen ist. Flottwell und Rappelkopf erfahren dies aber erst, nachdem sie auf Bettlerart je einen Teller Suppe erhalten haben. Es kommt zu einem Wiedersehen mit den ehemaligen Bediensteten, das aber von beiden Seiten mit großer Reserve vor sich geht.

14.

Eines Tages kommen die beiden Landstreicher auch wieder in die große Stadt. Hier entdeckt Flottwell auf einem Theaterplakat den Namen seiner Maly. Sie spielt die »Jugend« in Raimunds »Bauer als Millionär«. Er überredete Rappelkopf, mit ihm zusammen die Vorstellung zu besuchen, hoch droben auf dem letzten Stehplatz – endlich willigt Rappelkopf ein, er hat natürlich noch keine Ahnung, daß die »Jugend« seine Tochter ist.

Flottwell bettelt sich das Eintrittsgeld in raffinierter Weise zusammen.

15.

Abends im Theater befinden sich nun droben auf der höchsten Galerie Flottwell und Rappelkopf, der sich von der Vorstellung nicht viel verspricht. In der ehemaligen Stammloge Flottwells sitzen Habakuk und Lieschen. – Nun tritt Maly als »Jugend« auf und singt das Lied »Brüderlein fein« – da erkennt sie Rappelkopf und wird durch dieses unverhoffte Wiedersehen mit seiner Tochter und unter dem Eindruck des Liedes plötzlich ein ganz weicher Mensch mit dem stärksten Verlangen, sich mit allen zu versöhnen und zu vertragen. Flottwell muß nun auch zu seiner größten Überraschung erfahren, daß Maly Rappelkopfs Tochter ist.

16.

Nach der Vorstellung warten die beiden vor dem Bühneneingang, endlich kommt Maly heraus, sie wird bereits von vielen Kavalieren erwartet – erkennt aber sofort Flottwell trotz seines zerlumpten Äußern und eilt auf ihn zu. Auch sie hatte sich nämlich immer nach ihm gesehnt und überall nach ihm fragen lassen, ohne daß natürlich jemand ihr Auskunft über sein Verbleiben und Schicksal geben konnte. Auch mit Rappelkopf gibt es nun ein Wiedersehen, und die Szene endet mit einer großen Versöhnung.

17.

So ziehen die drei in Malys Wohnung, wo es auch ein Wiedersehen und eine Versöhnung mit Rappelkopfs Frau Sophie gibt. Maly beschließt, Flottwell und Rappelkopf schöne Kleider zu kaufen, was Flottwell nur nach längerem Zögern annimmt, und zwar nur deshalb, weil er an ihre wahre Liebe glaubt, die sie ihm dadurch bewiesen hatte, daß sie ihn auch als Bettler gern mochte.

18.

Am nächsten Tage erfährt Rappelkopf durch einen Bauern, den er auf der Straße trifft, daß die Einbrecher, die ihm seinerzeit seine Schätze geraubt hatten, schon lange gefaßt worden sind, und daß auch sein Geld bis auf den letzten Groschen im Polizeibüro nur darauf wartet, von ihm abgeholt zu werden. Rappelkopf ist überglücklich, holt sich das Geld und beschließt, mit Herrn Flottwell, seinem zukünftigen Schwiegersohn, ein neues Schreiner- und Baugeschäft zu errichten. »Jetzt baue ich euch ein Haus!« ruft er Flottwell und Maly zu.

19.

Unter den Klängen des »Brüderlein fein« steigt nun die Hochzeit zwischen Herrn von Flottwell und Maly Rappelkopf. Und wieder werden die beiden von Habakuk und Lieschen bedient, die ebenfalls ihr Geld wieder verloren haben, denn nichts hat Bestand auf der Welt und Abschied muß genommen werden.

20.

Anmerkung: In diesem Film werden folgende Lieder verwendet:

»Brüderlein fein«

»Das Hobellied«

»Ach, wenn ich nur kein Mädchen wär«

»So leb denn wohl du stilles Haus«

»Ach, die Welt ist gar so freundlich, und das Leben ist so schön.«

»Ein Aschen«

##

Filmexposé: Ein Don Juan unserer Zeit

November 1918, der Krieg ist aus, die Soldaten kehren heim. In eine Baracke, in der ein Fronttheater spielt, tritt ein Offizier aus dem Schlamm des Grabens und bedankt sich bei der ältlichen Soubrette des bereits abreisenden Ensembles für das künstlerische Erlebnis, das sie ihm gewährte, als er sie auf der Bühne sah. Die Soubrette ist geschmeichelt, im Gegensatz zu ihren Kolleginnen, die den Mann für verrückt halten, und sie erkundigt sich bei ihm, in welchen Rollen er sie gesehen hätte. Der Offizier kann sich an die Rollen nicht mehr erinnern, denn er war inzwischen verschüttet, er weiß es nur, daß es eine Gesangspartie war und daß in dem Stück ein steinerner Reiter lebendig wurde. Es war die Oper »Don Juan« – und erst als dieser Name fällt, fangen die übrigen Schauspielerinnen an, den merkwürdigen Offizier näher zu betrachten und sie müssen es sich gestehen, daß er sie ganz besonders interessieren könnte. Der Offizier bedankt sich nun auch bei der Soubrette für ihr Lächeln, das ihn an eine ferne Frau erinnert hätte, an seine einzige große Liebe, noch lange vor dem Kriege. Er kenne zwar garnicht den richtigen Namen jener Frau, er sei nur eine einzige Nacht mit ihr zusammengewesen, aber schon damals hätte er mit einer gewissen Wehmut gefühlt, daß er diese Frau verlieren und daß keine sie ihm ersetzen könnte. Drum hätte er sich nun auch entschlossen, diese Frau zu suchen, er müsse sie finden und sollte er ewig suchen. – So verläßt er das Grauen des Krieges und jagt mit dämonischer Wucht seiner Sehnsucht nach. Er ist der von einer großen Leidenschaft Ergriffene, die ihn nunmehr ausschließlich, einzig und allein, beherrschen soll. Er ist der Mann, der in dem Leben nur die Frau sieht, der sich aus dieser Frau ein Götterbild machte und dessen ganzes Sinnen und Trachten danach gerichtet ist, dieses Bild zu besitzen. Seine unerhörte Aktivität im Suchen und Sehnen nach »IHR«, führt ihn zu einer Passivität gegenüber der einzelnen Frau, aber gerade diese Mischung in seinem Wesen reizt die Frauen, so daß sie ihm alle hemmungslos entgegenkommen. Er nimmt sie auch alle, denn bewußt oder unbewußt, findet und sucht er in jeder einzelnen ein Teilchen seiner großen Liebe, und er hofft auch, vielleicht eine zweite große Liebe zu finden, die ihn von seiner unstillbaren Sehnsucht befreit, die ihn selbst zerstört. Aber nach jedem Liebeserlebnis fühlt er sich noch einsamer und sehnt sich nur noch stärker nach »IHR« –

Erst am Ende seines Lebens wird es ihm klar, daß er sich eigentlich nach dem Tode gesehnt hat. »Ein Don Juan«, meint die Soubrette, nachdem er die Baracke verlassen hat.

Er kommt in die Heimat zurück – Revolution und Nachkriegswirren, Auflösung einer alten Moral, all dies berührt ihn nicht innerlich. Er betritt die Wohnung, in der er damals seine große Liebe fand, noch in der glücklichen Friedenszeit. Aber in der Wohnung wohnt eine andere Frau, eine Zahnärztin. Er findet sie nicht, seine Frau, niemand kann es ihm sagen, wo sie jetzt wohnt – und er kann auch nicht weiterforschen, denn er kennt ja ihren Namen nicht. So irrt er nun scheinbar planlos durch die Straßen und lernt bei einer großen Frauenkundgebung gegen den Krieg ein Mädchen kennen, den Typus des »reinen Mädchens«. Sie will ihr junges Leben dem Kampfe gegen die Greuel des Krieges weihen, vernachläßigt jedoch ihre Ideale und Pflichten und kann Don Juan nicht widerstehen. Erschüttert durch seine Interesselosigkeit an ihren Idealen, wird sie von ihm verlassen, als sie nun dahinterkommt, daß er sie mit zahlreichen Frauen betrogen hat. Durch die Frauen bekommt er auch seinen Beruf: sie protegieren ihn überallhin, obwohl ihm diese Art peinlich ist. Aber schließlich muß er doch leben und dazu muß man Geld verdienen. Seine erste Stellung ist diejenige eines »gehobenen Kammerdieners« in einem Damentanz- und Spielklub der Inflation. Seine Anwesenheit jedoch genügt, um alle Mitglieder gegeneinander aufzubringen, jede ist auf jede eifersüchtig, trotz manchem männlichen Einschlag der einzelnen Damen, und der Klub fliegt auf. Seine zweite Stellung bekommt er durch eine Frau, die von einem Schieber ausgehalten wird. Sie, der Typ eines Vamps der Nachkriegszeit, bringt ihn als Schauspieler zum stummen Film. Er muß nur gut aussehen und das genügt, um ein gefeierter Stummfilmstar zu werden. Wenn er sich irgendwo in der Öffentlichkeit zeigt, geraten die Frauen außer sich und feiern ihn, wie einen König. Der »Vamp«, der keinen Mann liebt, fühlt plötzlich wahre Liebe zu Don Juan. Mit Bestürzung muß sie jedoch feststellen, daß er nicht auf sie eifersüchtig ist, denn »lieben« tut er ja doch nur seine ferne Braut, die er nie vergessen kann. Zutiefst verletzt schleudert sie ihm ins Gesicht, daß er doch überhaupt kein Schauspieler sei, sondern nur ein gutaussehender Mann, der seinen Lebensunterhalt gewissermaßen durch seine erotische Wirkung verdiene. Es wird ihm klar, daß sie recht hat, er verläßt sie und verläßt auch den Film.

Das Damenkomitee einer politischen Partei faßt die Resolution, den unerhört beliebten ehemaligen Star, als Abgeordnetenkandidaten auftreten zu lassen, um die Stimmen der wahlberechtigten Frauen zu bekommen. So beginnt seine politische Laufbahn. Die Weiber entfalten eine unerhörte Wahlpropaganda für ihren Kandidaten und Don Juan siegt. Er tritt als Redner auf und alle Herzen schlagen für ihn – doch er bringt der Partei Unglück, denn auch hier fangen die Frauen an, eifersüchtig aufeinander zu werden und die Partei spaltet sich in lauter kleine und kleinste einander gehässig und erbittert bekämpfende Sekten. Und Don Juan kümmert sich eigentlich überhaupt nicht um Politik, sondern benützt seine einflußreiche Stellung, um mit Hilfe des amtlichen Apparates nach seiner großen Liebe zu forschen, er beschäftigt auf Staatskosten ein ganzes Heer von Detektivinnen, doch es kommt nichts dabei heraus, nur ein großer Skandal. Eine Journalistin enthüllt diesen sonderbaren »Korruptionsfall« und die Wählerinnen Don Juans fangen ihn nun an, enttäuscht zu hassen. Er besucht die Journalistin persönlich, nachdem er gestürzt worden ist, um ihr den Fall zu erklären, sie empfängt ihn voll Hohn und bald darauf gibt sie sich ihm hin, trotzdem daß sie politisch seine schärfste Gegnerin ist, und trotzdem er nicht in der Absicht kam, um sie als Weib zu erobern. Als er das Haus in der Nacht verläßt, wird ein Attentat auf ihn verübt – eine Revolverkugel streift dicht neben seinem Kopfe vorbei und die Attentäterin ist jenes Mädchen, das er seinerzeit bei der Kundgebung gegen den Krieg kennengelernt hatte und dessen erstes Erlebnis er gewesen ist. Das Mädchen haßt ihn aus tiefster Seele und ist sich nicht bewußt, daß es eine Haßliebe ist. Auf die Detonation des Schusses hin, eilt die Journalistin auf die Straße und es entwickelt sich nun ein wilder Kampf zwischen den beiden Frauen. Die Journalistin ruft nach Verhaftung des Mädchens, obwohl Don Juan beteuert, daß er den Schuß abgefeuert hätte, aber das Mädchen bezichtigt sich selbst als Attentäterin und als Opfer Don Juans, schon um die Journalistin, die sie als ihre Nebenbuhlerin betrachtet, zu verletzen – der Auftritt endet damit, daß Don Juan mit dem Mädchen in einem Auto flieht, knapp bevor die Polizei auf dem Tatort erscheint.

Er flieht mit dem Mädchen in ein »anderes Land«, hinaus in das Dorf, weg von der Stadt, in die Einsamkeit. Und hier meint er nun kurze Zeit, sein Glück und seinen Frieden in ihrer Liebe gefunden zu haben. Aber bald genügt ihm ihre reine, keusche Hingebung nicht mehr – es geht ihm auch das Geld aus und es kommt zu Reibereien, wie in jeder armen Ehe, wie bei kleinen Leuten, als wäre er garnicht der Don Juan. Eines Tages schleudert sie ihm ihre Empörung ins Gesicht, ein Mann müsse arbeiten können und müßte auch etwas anderes im Kopf haben, als wie nur die Liebe – und sie verläßt ihn. Es ist das erste Mal in seinem Leben, daß eine Frau ihn verläßt. Zuerst glaubt er, es sei das Alter, aber dann bekommt er moralische Anwandlungen und er beschließt zu arbeiten. Er wird Reisender in Damenwäsche und das Geschäft floriert in ungeahntem Ausmaß. Er ist bei seinen Kundinnen unglaublich beliebt und sie können sein Kommen kaum erwarten – ja, einzelne vernichten sogar Wäschestücke, sehr zum Ärger ihrer Gatten, nur um sich von Don Juan ein neues Stück kaufen zu können. Es hagelt nur so Bestellungen und Don Juan erfindet ein neues Korselett, läßt es patentieren und übers Jahr hat er eine Fabrik und überall Filialen. Aber das geschäftliche Glück soll nicht lange dauern – durch eifersüchtige weibliche Angestellte wird er, der diesmal wirklich unschuldig ist, vor Gericht gezerrt, er hätte sich an ihnen vergangen. Er wird zwar, nicht zuletzt durch eine feuerige Verteidigungsrede seiner Rechtsanwältin, freigesprochen, doch »etwas bleibt immer hängen« und er ist moralisch erledigt, seine Existenz vernichtet.

Es geht bergab. Da taucht der »Vamp« wieder auf und tritt an ihn mit einem sonderbaren Geschäft heran – er begreift nicht ganz den Sinn, tut jedoch mit, und es wird ihm erst bei ihrer Verhaftung klar, daß er in eine Spionageaffaire verwickelt ist. Er versucht die Frau zu schützen, verwickelt sich aber dadurch nur in Widersprüche, macht sich erst recht verdächtig und wird zu einer langjährigen Zuchthausstrafe verurteilt. Erst in der Zelle erfährt er, daß sie ihn verraten hat und längst geflohen ist.

So sitzt er nun im Zuchthaus und gibt schon alle Hoffnung auf. Wenn er wieder frei wird, dann ist sein Leben vorbei und er ein alter Mann. Niemand kümmert sich um ihn, er bekommt keine Briefe. Aber eines Tages erhält er doch einen und als er ihn liest, faßt er sich ans Herz, so weh tut es ihm plötzlich vor lauter Glück.

Der Brief stammt von jener Frau, nach der er sich immer sehnte, die er überall suchte und nirgends fand. Jetzt schreibt sie ihm, daß sie sein Leben immer verfolgt hat, daß sie sich aber nicht gemeldet hat, denn sie hätte gedacht, er hätte sie vielleicht schon längst vergessen, und vor dieser Erkenntnis hätte sie sich gefürchtet.

Nun aber in seinem großen Unglück fühlt sie mütterliche Gefühle für ihn und sie erwarte ihn, wenn er wieder frei wird – sie warte auf ihn bis in den Tod. -

Endlich ist der Tag seiner Freiheit da. Er zieht sich seine altmodisch gewordenen Kleider an, läßt sich um das Geld, das er während all der Jahre im Zuchthaus verdiente, rasieren, frisieren und herrichten – und eilt zu ihr. Er wird eingelassen. Im Salon hängt ihr Bild, so wie sie in seiner Erinnerung lebt. Versunken in den Anblick bemerkt er es garnicht, daß sie selbst eingetreten ist – eine alte, sehr alte Frau. Erschüttert erkennt er in ihrem Antlitz, sucht in ihren Bewegungen sein Idol. Das also war seine Sehnsucht – und während er mit ihr über Nebensächliches plaudert, wird er sichtbar älter und älter. Es dämmert ihm langsam auf, daß es kein Ideal gibt, das unvergänglich ist. Die wirklichen Werte liegen jenseits des Lebens.

Er verläßt das Haus. Es schneit, immer stärker. Durch das Schneegestöber taucht eine junge Frau auf mit einem Kinderwagen. Es ist das Mädchen, das ihn verlassen hat. Verdutzt erkennt sie ihn, ruft ihm sogar einige Worte nach, doch er erkennt sie nicht, verschwindet wieder im Schneegestöber.

Er betritt ein armseliges, leeres Café. Apathisch fängt er an, Billard mit sich selbst zu spielen. Die alte Kellnerin kommt und sagt ihm, es wäre ein Herr hier, der möchte gerne mit ihm eine Partie Billard spielen. Er nickt ja – und der Herr erscheint, er ist hager, wie ein Skelett, trägt schwarze Glacéhandschuhe und Don Juan kann sein Gesicht nie richtig sehen. Der Herr spricht kein Wort, läßt nur Don Juan sprechen, dem es unheimlich wird – er weiß nicht recht warum. Der Fremde gibt ihm etwas vor, 56, genau soviel, als Don Juan Jahre zählt. Don Juan beginnt und verfehlt. Nun spielt der fremde Herr. Mit automatischer Präzision klappt alles. Immer wieder drückt er die Nummertafel – 28, 37, 42 – da bemerkt plötzlich Don Juan, daß der Herr unter seinen Glacéhandschuhen eine knöcherne Hand hat, er erblickt das Gelenk. Und nun weiß er, er spielt mit dem Tod, und der Tod wird gewinnen. 56 – der Herr hat gewonnen, Don Juan faßt sich ans Herz, wie damals im Zuchthaus und bricht tot zusammen.

Bemerkung: Außer der Figur des Don Juan spielen in diesem Filme nur Frauen und der Tod. Es soll auch versucht werden, in den Dialogen, Zeitprobleme von der Einstellung der Frau her zu beleuchten.

Tonfilmentwurf: Die Geschichte eines Mannes (N), der mit seinem Gelde um ein Haar alles kann

1.

Auf dem Lande. Es jährt sich zum ersten Mal der Todestag des Großgrundbesitzers (Großbauern) T. Seine Witwe hängt die Trauerkleider in den Schrank. Es ist Ende Februar und noch Fasching.

Die Gutsangestellten veranstalten einen Kindermaskenball. Ein fremder Bursche (der Mann N) walzt vorbei, tritt ein – er ist ein Kindernarr. Er maskiert sich als Teufel und wird der Liebling der Kinder.

Frau T lernt ihn kennen. Und lieben. Sie hat lange keinen Mann mehr gehabt und er ist zwanzig Jahre jünger. Bald wird er Inspektor. Dann nimmt er mit Frau T das Sakrament der Ehe zu sich. Sie wird ihm von Tag zu Tag höriger. Nur ab und zu steigt ihr verstorbener Gatte aus seinem Grab. N ist ihr aber nicht treu. Er läßt sich fast wahllos mit jeder ein, nicht zuletzt deshalb, weil Frau T zwanzig Jahre älter ist. Einmal überrascht sie ihn mit dem Küchenmädchen – immer quält sie ihn mit ihrer Liebe, stört ihn mit ihrer Eifersucht, usw. Bald haßt er sie. Nicht zuletzt deshalb, weil sie das Geld hat.

Eines Tages erkältet sich Frau T, als sie ihm wieder mal nachspioniert. Der Arzt meint, sie müsse sich vor Zugluft hüten, sonst könnte es schlimm enden. N ist nun mit allen Mitteln bedacht, Zugluft herzustellen. So wird er geräuschlos und grotesk ihr Mörder.

Das Begräbnis. Das Küchenmädchen ist auch dabei. Auch alle anderen Küchenmädchen. Es ist sehr feierlich. Auch die bereits zwanzigjährige Tochter der Frau T ist dabei, samt ihrem Bräutigam, einem Menschen, dem man es ansieht, daß er beim besten Willen kein Glück haben kann.

2.

Nach dem Begräbnis zieht N in die große Stadt. Mit viel Geld. Frau T hatte ihn als alleinigen Erben eingesetzt und ihre Tochter enterbt. Sie haßte nämlich ihre Tochter, da diese es mal versucht hatte, N in ihren Augen herabzusetzen. N hatte dieses Gespräch belauscht und haßte nun auch seine Stieftochter. Auch die Stieftochter hatte eine Auseinandersetzung über ihre Person zwischen Mutter und Stiefvater belauscht. Sie hatten sich alle gegenseitig behorcht, und kannten sich nun.

In der großen Stadt kauft sich N eine große Villa. Er hat Frauen, Freunde und Hunde. Er ist ein direkter Lebemann – frißt, sauft, hurt und spielt. Hat Glück. Geht mit Zylinder und Frack.

Mittendrin ereilt ihn sein Schicksal. Er begegnet einem jungen Mädchen aus verarmter Familie, keusch, zurückhaltend, usw. Sie ist ihm ganz ausgeliefert, weil er durch einen glücklichen Zufall von einer kleinen Unterschlagung ihrerseits (Portokasse) erfuhr. Er könnte sie jederzeit dem Staatsanwalt ausliefern, sie fürchtet ihn. Sie wird seine große Liebe.

Inzwischen sind aber Jahre vorbeigegangen und N wird infolgedessen älter. Er will es aber noch nicht merken. Seine Stieftochter besucht ihn überraschend. Sie hatte inzwischen geheiratet, dann ihren Mann verloren und ihr Vermögen. Sie ist Mutter – ihr fünfjähriges Kind bringt sie nun mit zu N, überwindet sich des Kindes halber und bittet um Geld. Einen Augenblick erwacht in N der alte Kindernarr. Er gibt Geld, aber in einer derart protzig-beleidigenden Weise, daß sie es ablehnt. Hierüber ärgert er sich dermaßen, daß er sofort sein Testament verfertigt: er vermacht sein ganzes Geld Waisenhäusern.

Und wieder wird er immer älter. Eines abends geht er mit seiner großen Liebe auf den großen Ball in der großen Oper. Stimmung, Sekt, Laune. Ein Küchenmädchen (sein Küchenmädchen!) wird fristlos wegen einer Nichtigkeit entlassen.

Der Ball ist ein gesellschaftliches Ereignis. Im Kühlraum hängen geschlachtete Tiere. Ein junger Mann interessiert sich für Ns große Liebe – N spioniert den beiden nach und hört, wie die große Liebe ihn für einen alten Kerl erklärt, vor dem man das Grausen bekommen kann. Das trifft ihn, dessen Ideal der Sonnenkönig ist, derart ins Herz, daß ihn der Schlag trifft. Abtransport ins Krankenhaus bei Tanzmusik.

3.

N ist von nun ab gelähmt. Er hört und sieht alles, kann aber weder sprechen noch schreiben. Nur mit Hilfe eines kleinen Glöckleins kann er sich mühsam verständigen. Im Rollstuhl.

Die große Liebe ist weg. Was übrigblieb sind Lakaien, die ihm nun seine Launen zurückzahlen. Mit Zinsen.

Die große Liebe ist an der Riviera und läßt sich kitschig photographieren.

Der Arzt sagt ihm, daß er noch lange leben wird, aber sein Chauffeur erklärt ihm, daß das nicht wahr sei. Der Arzt hätte ihm gesagt, er würde höchstens noch zwei Monate leben. Er würde keinen Schnee mehr sehen. Nur den blühenden Frühling noch.

N äußert den Wunsch, das Waisenhaus, dem er sein Geld vermachen will, zu besichtigen. Er wird hingefahren. Die Kinder spielen im Hof und nach der offiziellen Begrüßung, läßt man ihn allein in seinem Rollstuhl bei den Kindern sitzen.

Die Kinder kommen näher an ihn heran, trauen sich aber nicht recht. Nur ein kleines Mädchen hat den Mut, sie tritt heran und läutet mit dem Glöckchen – er starrt sie an und plötzlich wird es ihm bange: es ist das Kind seiner Stieftochter, die da mit ihm spielen möchte.

Das Kind sieht ihn groß an und lacht. Dann wird es plötzlich ernst und betrachtet ihn durchdringend – und unter diesem Kinderblick gehts zu Ende mit ihm. Er stirbt.

Romanexposé: Der Mittelstand

Mittelstand

Der Mittelstand ist eine Klasse, eine eigene zwischen zwei anderen, heute. Seine Grenzen verwischen sich, aber es ist doch eine Klasse, kein Übergang, eine Klasse mit eigener Ideologie.

Mit einer Ideologie, die nur scheinbar schwer ramponiert worden ist. (Ibsen)

Die Durchgangsstation für *wenige* einzelne aus dem Proletariat ins Kapital.

Der Mittelstand ist fast gleich mit der *Familienkultur*. Er hat sich von der Horde losgelöst, aber er ist noch nicht fähig zur wirklichen Gemeinschaftsidee.

Wir erleben eine Renaissance des Mittelstandes. Mächtig ist er im Vordringen im alten Europa – er trägt aber natürlich die Keime des Zerfalls in sich.

Die Entstehung der Familie liegt unter dem grauen Himmel der Prähistorie.

Die Entstehung der Familie Qu.

Man streitet sich darüber, ob der Mensch ein Produkt seiner Umgebung ist, ob die Menschen materialistisch bedingt oder ideologisch bedingt sind. Die Wahrheit werden wohl meist die Unzufriedenen ertragen und suchen, die Zufriedenen nicht. Die sich in ihrer Zufriedenheit bedroht Fühlenden, die unsicher Gewordenen, werden eher dazu neigen, phantastische Theorien aufzustellen. So werden sie behaupten, sie hätten einen Odem Gottes in sich. So behauptete Ferdinand Qu., daß es einen göttlichen Odem gibt, während Karl Qu. dies leugnete. Er las Nietzsche. – Tatsache bleibt, daß Ferdinand Qu. ein Gemüsegeschäft hatte.

Die Familie Qu., deren Genealogie hier beschrieben werden soll, kann nur bis in das vierte Glied verfolgt werden – bis dahin, wo sie als dritter Stand auftaucht. Der Urgroßvater kam aus Mitteldeutschland, mehr weiß man nicht. Aus Hannover, aber niemand der Familie kennt Hannover. (Als Urgroßvater Qu. durch Europa zog, gab es noch keine Eisenbahnen.)

Es scheint ein bestimmtes Gesetz zu geben, daß die Energie der Enkel gleich ist der Energie der Großeltern, also immer eine Generation überspringt.

Durch Fleiß, Sparsamkeit und Stetigkeit empor mit der Familie Qu.!

Die Schattenseiten: die *Ausbeutung!!*

Seine Nachkommen: für die ist die Ausbeutung eine Gewohnheit. Wer diese Zusammenhänge klarlegte, die neuen Ideen flößten ihnen Schrecken ein, genau wie seinerzeit die christlichen Ideen den römischen Soldaten, das sich in Lachen und Spott offenbarte.

Wohl gab es einige Idealisten, aber ihr Sozialismus blieb in ihrer Jugend beschränkt und war Theorie. Ein theoretischer Idealismus.

Der Mittelstand

(Der Mittelstandsgott ist ein alter Herr mit einer ehrfurchtheischenden Miene. Er versteckt seine Pantoffeln unter seiner Toga. Er sieht einem guten, aber strengen Großvater ähnlich. Er ist der Schutzgott der kleinen Betriebe. Auch er ist ein scheinbar antikapitalistischer Gott.)

1. Allgemeiner Überblick

a) Wesen des Mittelstandes
b) Soziologie
c) Historisches (Französische Revolution)
d) Entwicklungsgeschichte – Formveränderungen.

2. Die vorletzte Gestalt des Mittelstandes (1890-1918)

(Die wilhelminische Zeit des Mittelstandes == totale Verblödung) Marx (über Mittelstand: Bäcker, Hausbesitzer, Metzger usw. – sie alle zehren am Fleische des Proletariats)

3. Der Zusammenbruch des alten Mittelstandes durch die Gewalten: Krieg. Inflation

(Phönix aus der Inflation == der neue Mittelstand, das sind: die Angestellten; aber hier hat sich schon etwas wichtiges verschoben, nämlich der ›eigene Herr‹-Standpunkt existiert nicht mehr – der auch nur vorher schon immer illusorischer geworden ist). *Stabilisie-*

rung. Rationalisierung. Und durch die stärkste Gewalt: *die Errungenschaften der Technik.* Durch die Errungenschaften aber, in Anpassung lebt der Mittelstand noch weiter in den »Angestellten«. – Wird er sich zu einem neuen Typ konsolidieren, oder wird er aufgeben im Proletariat und in der Leibgarde der Bourgeoisie? Das ist die Frage des Mittelstandes.

(Zur Genealogie) *Geschichte der Familie Qu.*

> *Geschichte der Familie St.*
> (die nie besonders auffällt)
> *Revolution der Frau*

4. Die neuen (werdenden oder Übergangsformen) Formen des Mittelstandes.

I. Überbleibsel aus der Schieberzeit

II. Aufstieg aus dem Proletariat

Beide verschwindend gering

a) *aus Arbeiterschaft direkt*

b) *aus proletarischen Parteien* (Stadtrat, Funktionär, Beamter usw.)

1. 1. *Stadtrat* (Kurze Zeit nur hielt er sich im Mittelstand auf, nie ein Komet)
2. 2. *Funktionär*
3. 3. *Landrat*
4. 4. *Der proletarische Student* (für ihn ist die Klasse überwunden – für ihn persönlich, daher gibt es auch keinen Klassenkampf mehr)

III. Überbleibsel aus dem alten Mittelstand

Gewerbe, Kaufleute (Kampf gegen das Warenhaus), Hotelier, höhere Beamte, Reichswehroffiziere und Polizeioffiziere.

›*Freie*‹ *Berufe:* Arzt, Ingenieur, usw.

Die Intellektuellen: Schriftsteller, Maler, Musiker, Journalist.

Die Studenten. (So großer Zulauf auf die Universität aus Angst vor Verproletarisierung). Ein Aufstieg in die Bourgeoisie – wie eine

Sage, eine Legende, klingt die Kunde vom Aufstieg eines fernen Verwandten.

(Auch in Amerika ist ja nichts mehr zu wollen)

Nach der Spitze der Pyramide

(Der Erfinder, der durch seine Erfindung mit beiträgt, den Mittelstand zugrunde zu richten. (Tragik))

IV. *Degradiert aus Bourgeoisie*

Die Familie, die von der Pension des alten Majors lebt. Sie pflegen ihn, daß er nicht stirbt. Er stirbt trotzdem vor dem 1. Oktober, am 29. September.

Die Universitätsprofessoren (ein Bollwerk des Mittelstandes)

V. *Degradiert aus Aristokratie*

Graf Arthur. Gräfin – Heinz. Das verlorene ›von‹ Der Haß auf das Bürgertum.

VI. *Die Angestellten.* (Das Produkt aus allen Degradierungen)

Die Töchter des zugrundegegangenen Chauffeur.

Schlafwagenschaffner.

Der Syndikus – Der Prokurist: die Schlaraffen

Neue Berufe und Vergnügungen: Sport, Homöopathie, Mystik, Okkultismus, Spiritismus.

Der Sport (Berufsboxer mit und ohne Erfolg.)

Leichtathletik.
Der   Speerwerfer,   das   ist   sein   ganzer   Stolz.
Die Sommerfrische (ihr Tod = Ablösung durch das Auto)
Das Kruzifix, errichtet vom Verschönerungsverein.

VII. *Proletarisierter Mittelstand.*

Die Schönheit von Fulda. (Der verarmte Beamte)
Die »Völkischen« – (Der ›freisinnige‹ Vater – der Hakenkreuz-Sohn)
Ein Gespräch über Kunst
Ein Gespräch über Politik
Der Tod des Märchens

5. Tragik und Überwindung des Mittelstandes

(Tragik: die wertvollen Söhne verlassen den Mittelstand)
Die Lehrerin von Regensburg (Die Spitzel)
Die Bekehrung des Studenten Salm
Die Kommunisten
Die Entstehung des revolutionären Schriftstellers Kurt Albrecht.

Romanexposé: Verrat am Vaterland

Michael, 25 Jahre alt, Journalist, der älteste und stärkste der drei Brüder Babuschke, verließ fünfzehnjährig die Mutter, die Witwe eines kleinen Beamten, die mit Affenliebe für sein leibliches Wohlergehen sorgte, dagegen seinen unreifen Idealen, Kraftmeiereien und dem Triebe nach romantischen Abenteuern feindlich begegnete. Begeisterungsfähig für alles Gewaltige wollte er heute Prophet, morgen Pferdedieb werden. Leidenschaftliche Liebe verband ihn mit seinem Vaterlande, unter dem er sich allerdings nur einen historischen Begriff realisierte, keinen lebendigen. Denn die Liebe zu seinem Volke, zum lebenden Vaterland, erstand erst durch seine Erkenntnis, daß er zum Führer ausersehen sei, erst durch das Wachsen des Intellekts reifte seine Liebe, eine egozentrische Nächstenliebe, die sich bald auf die ganze Menschheit ausdehnte. In allen Sätteln wenn auch nicht gerecht, so doch gesessen, war er aus Romantik jedem Kompromisse zwischen Idee und Realität abgeneigt; und so sah er seine sektiererischen Heilslehren immer wieder an dem »Spießbürger« zerschellen. Und bald bestand für ihn sein ganzes Volk nurmehr aus »Spießbürgern«, und seine ursprünglich allein auf ihn konzentrierte Liebe wandelte sich in Haß, in aktiven Haß, in Zerstörung. Alle Kosmopolitik wich dem fanatischen Hassen der Sippe, dem Hasse auf das einst geliebte als historischen Begriff realisierte Vaterland.

Könnte er, würde er es vernichten. Zur Zerstörung ist ihm jede Hilfe willkommen. Er wird Spion, tritt in den Dienst einer ausländischen Macht. Mit seinem Bruder Joachim, den er für seine Pläne gewann, geht er an die Organisation.

Joachim, 23 Jahre alt, Versicherungsagent, willigte sogleich ein. Über seine Feigheit, die ihn an der Mitarbeit hätte hindern können, triumphierte sein skrupelloser Leichtsinn. Als Schwächling brach jede Gefühlsargumentation sein Gewissen. Intelligent genug, um zu sehen, wie die Mächtigen die schwersten Verbrechen ungestraft begehen, war er zu zynisch aus Pessimismus, um gegen sie zu kämpfen, wie Michael, sondern er schloß sich ihnen an. Er bediente sich mit Arroganz derselben rücksichtslosen Mittel.

Michael und Joachim überreden nun den jüngsten Bruder, Friedrich, der als Soldat im Fort dient, für sie militärische Dokumente zu stehlen. Friedrich ist 20 Jahre alt und der »tumbe« Ritter seines Regiments. Haben seine Brüder keine bejahende Einstellung zur Gemeinschaft, hatte Michael jedes Zusammengehörigkeitsgefühl überwunden, und Joachim nie eines empfunden, so scheint Friedrich ganz aus Anhänglichkeit, wenn auch, infolge seines zurückgebliebenen Intellekts, nur zur Familie, aus Treue ohne Kritik zu bestehen. Besonders liebt er Michael. Nie hatte er es ihm vergessen, daß er ihn als Junge immer vor seinen Kameraden beschützt hatte. Er empfindet zu ihm gehorsames Vertrauen. Ist bei Michael das Gerechtigkeitsgefühl, bei Joachim ein rattenhafter Selbsterhaltungstrieb, so bei Friedrich das Dankbarkeitsgefühl Hauptmerkmal. Eine Dankbarkeit ohne Unterscheidungsvermögen für die Größe der ihm erwiesenen Wohltat. Und dies ist auch der Grund, weshalb er sogleich einwilligt, die Dokumente zu stehlen. »Er stiehlt sie, weil er den Feldwebel haßt«, meint Joachim.

Die Unterredung der drei Brüder findet in der Wohnung Dianas statt. Dies ist eine ehemalige Schauspielerin, Diana ist ihr Künstlername, ohne jemals irgendwo engagiert gewesen zu sein. Mit nervöser Begierde nach Luxus markiert sie die teuer geborene Hure und ist doch nur eine untalentierte Schauspielerin, die, wenn sie nicht gut gewachsen wäre, im besten Falle Stenotypistin geworden wäre. Sie wird von zwei Männern, die geschäftlich miteinander zusammenarbeiten, ausgehalten, nämlich von einem alten hypochondryschen Börsianer und einem dicken, feisten Warenhausinhaber, der sich aus Armut emporarbeitete, und stolz auf Diana ist.

Für Joachim empfindet Diana keine Liebe, trotzdem bevorzugt sie ihn vor allen anderen, denn sie empfindet ihn als derart minderwertig, daß sie sich durch seine Anwesenheit erhöht fühlt. Ist ihr ersteres bewußt, so ist letzteres ihr unbekannt. Joachim aber weiß warum sie ihn bevorzugt, und seines Wissens wegen fühlt er sich ihr überlegen, doch ist diese seine Befriedigung nur Ausrede vor seiner Eitelkeit. Vor Michael hat Diana Angst. Und da sie ihm ihre Furcht zeigt, macht sie ihn erst aufmerksam auf sich, weil er ihre Scheu als Aufforderung erfaßt. Aber er weist sie zurück, verbittet sich die Störung, und nun fängt sie ihn an zu hassen. Zweimal stiehlt Friedrich Dokumente. Das erste Mal gelingt es ihm, Michael bekommt

Geld und die Sache endet mit einer wüsten Sauferei bei Diana, die nichts von der Spionage weiß. Aber das zweite Mal wird Friedrich ertappt und eingekerkert.

Er wird verhört und verhört. Man forscht nach Komplizen. Er schweigt. Er wird von den Detektiven verprügelt. Er schweigt. Alle Qualen erträgt er geduldig. Die Liebe des, wie seine Kameraden ihn spotteten: »im Rausch gezeugten« Soldaten mit dem stolzen Namen Friedrich ist stärker als jeder Schmerz. Er ist die Kreatur, die das Schicksal aus Witz zum Helden erhob.

Als Joachim von der Verhaftung erfährt, bricht seine Feigheit grell hervor, sein am Lebenkleben. Fast verrückt traut er sein Geheimnis Diana an, »wie einer Mutter«. Doch diese benachrichtigt aus Ärger über die plötzliche Entlarvung ihrer eigenen Hohlheit, aus Sadismus und vor allem aus Haß auf Michael die Polizei. Lockt Joachim in eine Falle: sperrt ihn nach einer Nacht ins Klosett und ruft die Polizei. Als die erscheint, findet sie Joachim als Wahnsinnigen vor.

Aber, bevor sie noch erscheint, pocht Friedrich, dem es gelungen war aus dem Gefängnisse zu entfliehen, bei Diana an. Nicht um Hilfe zu erflehen, sondern um sie wiederzusehen. Er liebt sie seit jenem Saufgelage, seit jener Nacht. Damals spielte nämlich Diana aus Scherz, die in den großen »Feldherrn« Verliebte und drängte sich schamlos in seine Seele.

Nun kommt aber die Polizei und Friedrich flieht durch ein Fenster, von der verzweifelten Diana unterstützt, wird aber auf der Straße »auf der Flucht« erschossen.

Michael aber glückt die Flucht, trotz Polizeihunden, Detektiven und Militärstreifen. Drei Nächte und zwei Tage über hält er sich im Walde verborgen, flieht durch Dörfer, geht in die Berge.

Jeder Lebensbeweis stärkt seinen Haß, raubt ihn aber durch tausend stumme Fragen den Mut. Den Mut zur letzten Konsequenz, zur Selbstzerstörung, obwohl er sich ja erschießen will. Das Gesetz des Lebenmüssens, die Erkenntnis der eigenen Schwäche, die aus Feigheit Mitleid zeugt, besiegt seinen Haß.

Er geht über die Grenze, leer und gebrochen, aber mit den Möglichkeiten, ein neuer Mensch werden zu können.

Theoretisches

Theoretisches: Flucht aus der Stille

Wenn ich die Frage beantworten soll, warum ich aus der erholsamen Stille des Dorfes nach Berlin gezogen bin, so muß ich gestehen, daß mir die Antwort teils leicht und teils sehr schwer fällt. Es ist natürlich leicht zu sagen, daß die Stadt den Ton angibt und nicht das Land. Daß das Land kulturell tot ist, unfähig zur Erzeugung einer neuen Kultur, daß die Antwort im Handumdrehen lediglich oberflächlich formulieren kann, und zwar so: in der Großstadt habe ich mehr Eindrücke, sehe ich mehr und wichtigeres für unsere Zeit als auf dem Lande.

(Das Abrücken von der Natur)

Mich besuchte mal ein Freund und wir gingen zusammen spazieren, es war ihm alles ungewöhnlich und er sah und genoß alles bedeutend empfindlicher als ich. Wir sprachen über die Natur und die Landwirtschaft, über das kleine Leben der Bauern und kleine Bürger, das sich aber in ihrem privaten Leben genau so abspielt, wie in der Stadt, das der einzelnen Leute. Mein Freund gab mir recht und nun erschien uns alles plötzlich recht komisch, wir lachten über die Sorgen dieser Bauern, und das wars weil wir sie einzelne Wesen sahen.

Plötzlich sagte mein Freund: Es ist höchste Zeit, daß du in die Stadt kommst, du lebst hier am Rande der Welt. Gewiß haben hier die Leute auch genau die gleichen Eigenschaften Tugend und Laster wie der einzelne Städter, aber du vergißt, daß es in der Stadt etwas gibt, das ist die Umwandlung des gesellschaftlichen Bewußtseins. Kannst du es hier vertragen, keine Ahnung von dieser Wandlung zu haben, zu kennen? In der Stadt wandelt sich das um, die Stadt ist gewissermaßen das laufende Band, das Land der kleine Privatwirtschaftler.

Es ist klar, daß die Stadt den Ton angibt, du kannst am Dorfe draußen auch all die Zeitungen lesen, aber es fehlt dir das Fluidum der Wandlung. Es bildet sich eine neue Menschheit, auf dem Lande heraußen wirst du zum Beobachter, es fehlt dir die Atmosphäre der neuen Menschen.

Du lebst auf dem Lande in der sozialen Schicht, die untergeht.

Und dann ist noch eine Gefahr auf dem Lande, das ist die Stille. Unter Stille verstehe ich nun natürlich nicht die Geräuschlosigkeit, die man sich zum arbeiten auch in der Großstadt beschaffen kann.

Es ist die Stille der Atmosphäre, des Stillstands.

Die Stille ist oft besungen worden und zwar nach allen Regeln der Reimerei.

Auf dem Lande besteht die Gefahr des Romantischwerden. Der sogenannten neuen Illusion. Ich will hier das Problem der absoluten Notwendigkeit des Träumens nicht berühren, das Phantasieren ist genau so notwendig wie das Sachlichsein, es ist da eine Vernachlässigung der seelischen Bedürfnisse. Aber auf dem Dorfe das sich in den Mittelpunkt stellen.

Hier berührt sich das Problem mit dem Ausspruch: die junge Generation hat keine Seele, was natürlich ein enormer Quatsch ist. Es hängt mit dem verlorenen Kontakt, mit dem verlorenen oder geopferten Trieb zusammen. (Der immer mehr sich verlierende Kontakt zur äußeren Natur ist nur ein Triebverzicht zum Nutzen der Kultur.)

Und nun das Wichtigste: bekanntlich braucht man zum denken einen Stuhl, auf dem man sitzt. Es hat sich allmählich herumgesprochen, daß das Materielle unentbehrlich ist. Und das bietet dem jungen Schriftsteller nur Berlin, von allen deutschen Städten. Berlin, das die Jugend liebt, und auch etwas für die Jugend tut, im Gegensatz zu den meisten anderen Städten, die nur platonische Liebe kennen.

Ich liebe Berlin.

Theoretisches: Gebrauchsanweisung

Das dramatische Grundmotiv aller meiner Stücke ist der ewige
Kampf zwischen Bewußtsein und Unterbewußtsein.

Ich hatte mich bis heute immer heftig dagegen gesträubt, mich in irgendeiner Form über meine Stücke zu äußern – nämlich ich bin so naiv gewesen, und bildete es mir ein, daß man (Ausnahmen bestätigen leider die Regel) meine Stücke auch ohne Gebrauchsanweisung verstehen wird. Heute gebe ich es unumwunden zu, daß dies ein grober Irrtum gewesen ist, daß ich gezwungen werde, eine Gebrauchsanweisung zu schreiben.

Erstens bin ich daran schuld, denn: ich dachte, daß viele Stellen, die doch nur eindeutig zu verstehen sind, verstanden werden müßten, dies ist falsch – es ist mir öfters nicht restlos gelungen, die von mir angestrebte Synthese zwischen Ironie und Realismus zu gestalten.

Zweitens: es liegt an den Aufführungen – alle meine Stücke sind bisher nicht richtig im Stil gespielt worden, wodurch eine Unzahl von Mißverständnissen naturnotwendig entstehen mußte. Daran ist niemand vom Theater schuld, kein Regisseur und kein Schauspieler, dies möchte ich ganz besonders betonen – sondern nur ich allein bin schuld. Denn ich überließ die Aufführung ganz den zuständigen Stellen – aber nun sehe ich klar, nun weiß ich es genau, wie meine Stücke gespielt werden müssen.

Drittens liegt die Schuld am Publikum, denn: es hat sich leider entwöhnt auf das Wort im Drama zu achten, es sieht oft nur die Handlung – es sieht wohl die dramatische Handlung, aber den dramatischen Dialog hört es nicht mehr. Jedermann kann bitte meine Stücke nachlesen: es ist keine einzige Szene in ihnen, die nicht dramatisch wäre – unter dramatisch verstehe ich nach wie vor den Zusammenstoß zweier Temperamente – die Wandlungen usw. In jeder Dialogszene wandelt sich eine Person. Bitte nachlesen! Daß dies bisher nicht herausgekommen ist, liegt an den Aufführungen. Aber auch an dem Publikum.

Denn letzten Endes ist ja das Wesen der Synthese aus Ernst und Ironie die Demaskierung des Bewußtseins. Sie erinnern sich vielleicht an einen Satz in meiner »Italienischen Nacht«, der da lautet: »Sie sehen sich alle so fad gleich und werden gern so eingebildet selbstsicher.«

Das ist mein Dialog.

Aus all dem geht schon hervor, daß Parodie nicht mein Ziel sein kann – es wird mir oft Parodie vorgeworfen, das stimmt aber natürlich in keiner Weise. Ich hasse die Parodie! Satire und Karikatur – ab und zu ja. Aber die satirischen und karikaturistischen Stellen in meinen Stücken kann man an den fünf Fingern herzählen – Ich bin kein Satiriker, meine Herrschaften, ich habe kein anderes Ziel, als wie dies: Demaskierung des Bewußtseins. Keine Demaskierung eines Menschen, einer Stadt – das wäre ja furchtbar billig! Keine Demaskierung auch des Süddeutschen natürlich – ich schreibe ja auch nur deshalb süddeutsch, weil ich anders nicht schreiben kann.

Diese Demaskierung betreibe ich aus zwei Gründen: erstens, weil sie mir Spaß macht – zweitens, weil infolge meiner Erkenntnisse über das Wesen des Theaters, über seine Aufgabe und zu guter Letzt Aufgabe jeder Kunst ist folgendes – (und das dürfte sich nun schon allmählich herumgesprochen haben) – die Leute gehen ins Theater, um sich zu unterhalten, um sich zu erheben, um eventuell weinen zu können, oder um irgendetwas zu erfahren. Es gibt also Unterhaltungstheater, ästhetische Theater und pädagogische Theater. Alle zusammen haben eines gemeinsam: sie nehmen dem Menschen in einer derartigen Masse das Phantasieren ab, wie kaum eine andere Kunst – Das Theater phantasiert also für den Zuschauer und gleichzeitig läßt es ihn auch die Produkte dieser Phantasie erleben. Die Phantasie ist bekanntlich ein Ventil für Wünsche – bei näherer Betrachtung werden es wohl asoziale Triebe sein, noch dazu meist höchst primitive. Im Theater findet also der Besucher zugleich das Ventil wie auch Befriedigung (durch das Erlebnis) seiner asozialen Triebe.

Es wird ein Kommunist auf der Bühne ermordet, in feiger Weise von einer Überzahl von Bestien. Die kommunistischen Zuschauer sind voll Haß und Erbitterung gegen die Weißen – sie leben aber eigentlich das mit und morden mit und die Erbitterung und der

Haß steigert sich, weil er sich gegen die eigenen asozialen Wünsche richtet. Beweis: es ist doch eigenartig, daß Leute ins Theater gehen, um zu sehen, wie ein (anständiger) Mensch umgebracht wird, der ihnen gesinnungsgemäß nahe steht – und dafür Eintritt bezahlen und hernach in einer gehobenen weihevollen Stimmung das Theater verlassen. Was geht denn da vor, wenn nicht ein durchs Miterleben mitgemachter Mord? Die Leute gehen aus dem Theater mit weniger asozialen Regungen heraus, wie hinein. (Unter asozial verstehe ich Triebe, die auf einer kriminellen Basis beruhen – und nicht etwa Bewegungen, die gegen eine Gesellschaft gerichtet sind – ich betone das extra, so ängstlich bin ich schon geworden, durch die vielen Mißverständnisse).

Dies ist eine vornehme pädagogische Aufgabe des Theaters. Und das Theater wird nicht untergehen, denn die Menschen werden in diesen Punkten immer lernen wollen – ja je stärker der Kollektivismus wird, umso größer wird die Phantasie. Solange man um den Kollektivismus kämpft, natürlich noch nicht, aber dann – ich denke manchmal schon an die Zeit, die man mit proletarischer Romantik bezeichnen wird. (Ich bin überzeugt, daß sie kommen wird.) Mit meiner Demaskierung des Bewußtseins, erreiche ich natürlich eine Störung der Mordgefühle – daher kommt es auch, daß Leute meine Stücke oft ekelhaft und abstoßend finden, weil sie eben die Schandtaten nicht so miterleben können. Sie werden auf die Schandtaten gestoßen – sie fallen ihnen auf und erleben sie nicht mit. Es gibt für mich ein Gesetz und das ist die Wahrheit.

Ich habe Verständnis dafür, wenn jemand fragt – Lieber Herr, warum nennen Sie denn Ihre Stücke Volksstücke? Auch hierauf will ich heute antworten, damit ich mit derlei Sachen für längere Zeit meine Ruhe habe. Also: das kommt so.

Vor sechs Jahren schrieb ich mein erstes Stück »Die Bergbahn«, und gab ihm den Untertitel und Artbezeichnung: »Ein Volksstück«. Die Bezeichnung Volksstück war bis dahin in der jungen dramatischen Produktion in Vergessenheit geraten. Natürlich gebrauchte ich diese Bezeichnung nicht willkürlich, das heißt, nicht einfach deswegen, weil das Stück ein bayerisches Dialektstück ist und die Personen Streckenarbeiter sind, sondern deshalb, weil mir so etwas wie eine Fortsetzung, Erneuerung des alten Volksstückes vorgeschwebt ist – also eines Stückes, in dem Probleme auf eine möglichst volkstümliche Art behandelt und gestaltet werden, Fragen des Volkes, seine einfachen Sorgen, durch die Augen des Volkes gesehen. Ein Volksstück, das im besten Sinne bodenständig ist und das vielleicht wieder Anderen Anregung gibt, eben auch in dieser Richtung weiter mitzuarbeiten – um ein wahrhaftiges Volkstheater aufzubauen, das an die Instinkte und nicht an den Intellekt des Volkes appelliert.

Zu einem Volksstück, wie zu jedem Stück, ist es aber unerläßlich, daß ein Mensch auf der Bühne steht. Ferner: der Mensch wird erst lebendig durch die Sprache.

Nun besteht aber Deutschland, wie alle übrigen europäischen Staaten zu neunzig Prozent aus vollendeten oder verhinderten Kleinbürgern, auf alle Fälle aus Kleinbürgern. Will ich also das Volk schildern, darf ich natürlich nicht nur die zehn Prozent schildern, sondern als treuer Chronist meiner Zeit, die große Masse. Das ganze Deutschland muß es sein!

Es hat sich nun durch das Kleinbürgertum eine Zersetzung der eigentlichen Dialekte gebildet, nämlich durch den Bildungsjargon. Um einen heutigen Menschen realistisch schildern zu können, muß ich also den Bildungsjargon sprechen lassen. Der Bildungsjargon (und seine Ursachen) fordern aber natürlich zur Kritik heraus – und so entsteht der Dialog des neuen Volksstückes, und damit der Mensch, und damit erst die dramatische Handlung – eine Synthese aus Ernst und Ironie.

Mit vollem Bewußtsein zerstöre ich nun das alte Volksstück, formal und ethisch – und versuche die neue Form des Volksstückes zu finden. Dabei lehne ich mich mehr an die Tradition der Volkssänger an und Volkskomiker an, denn an die Autoren der klassischen Volksstücke. Und nun kommen wir bereits zu dem Kapitel Regie. Ich will nun versuchen hauptsächlich möglichst nur praktische Anweisungen zu geben: (diese gelten für alle meine Stücke, außer der »Bergbahn«). Bei Ablehnung auch nur eines dieser Punkte durch die Regie, ziehe ich das Stück zurück, denn dann ist es verfälscht.

Zu den Todsünden der Regie zählt folgendes:

1. Dialekt. Es darf kein Wort Dialekt gesprochen werden! Jedes Wort muß hochdeutsch gesprochen werden, allerdings so, wie jemand, der sonst nur Dialekt spricht und sich nun zwingt, hochdeutsch zu reden. Sehr wichtig! Denn es gibt schon jedem Wort dadurch die Synthese zwischen Realismus und Ironie. Komik des Unterbewußten. Klassische Sprecher. Vergessen Sie nicht, daß die Stücke mit dem Dialog stehen und fallen!

2. In meinen sämtlichen Stücken ist keine einzige parodistische Stelle! Sie sehen ja auch oft im Leben jemand, der als seine eigene Parodie herumlauft – so ja, anders nicht!

3. Satirisches entdecke ich in meinen Stücken auch recht wenig. Es darf auch niemand als Karikatur gespielt werden, außer einigen Statisten, die gewissermaßen als Bühnenbild zu betrachten sind. Das Bühnenbild auch möglichst bitte nicht karikaturistisch – möglichst einfach bitte, vor einem Vorhang, mit einer wirklich primitiven Landschaft, aber schöne Farben bitte.

4. Selbstverständlich müssen die Stücke stilisiert gespielt werden, Naturalismus und Realismus bringen sie um – denn dann werden es Milljöhbilder und keine Bilder, die den Kampf des Bewußtseins gegen das Unterbewußtsein zeigen das fällt unter den Tisch. Bitte achten Sie genau auf die Pausen im Dialog, die ich mit »Stille« bezeichne – hier kämpft das Bewußtsein oder Unterbewußtsein miteinander, und das muß sichtbar werden.

5. In dem so stilisiert gesprochenen Dialog, gibt es Ausnahmen – einige Sätze, nur ein Satz manchmal, der plötzlich ganz realistisch, ganz naturalistisch gebracht werden muß.

6. Alle meine Stücke sind Tragödien – sie werden nur komisch, weil sie unheimlich sind. Das Unheimliche muß da sein.

7. Es muß jeder Dialog herausgehoben werden – ein stummes Spiel der anderen, ist streng untersagt. Sehen Sie sich die Volkssängertruppen an. Zum Beispiel im ersten Bild beim Zeppelin: <u>Horvath nimmt Bezug auf sein Volksstück »Kasimir und Karoline«</u> keine Statisten – einzelne Leute mit angeklebten Bärten, Dicke, Dünne, Kinder, Elli und Maria, usw. müssen zusehen – ohne Bewegung, nur die Sprecher selbst, die nicht. Von dem Verschwinden des Zeppelins ab, haben alle die Bühne zu verlassen, nur Kasimir und Karo-

line nicht – der Eismann kommt nur, wenn man ihn braucht, tritt er an den Kasten – wenn Kasimir den Lukas haut, kommen die Leute herein, sehen stumm zu, wie das auf dem Bolzen hinaufläuft, gehen wieder ab.

Stilisiert muß gespielt werden, damit die wesentliche Allgemeingültigkeit dieser Menschen betont wird – man kann es garnicht genug überbetonen, sonst merkt es keiner, die realistisch zu bringenden Stellen im Dialog und Monolog sind die, wo ganz plötzlich ein Mensch sichtbar wird – wo er dasteht, ohne jede Lüge, aber das sind naturnotwendig nur ganz wenig Stellen.

8. Innerhalb dieses stilisierten Spieles gibt es natürlich Gradunterschiede, so zum Beispiel:

Erste Gruppe (am wenigsten stilisiert):

> Kasimir
> Karoline
> Erna

Zweite Gruppe:

> Schürzinger
> Rauch
> Speer
> Elli

Dritte Gruppe

> Maria und alle Übrigen

Karikaturistisch: die Statisten und die Abnormitäten.

Dieser Stil ist das Resultat praktischer Arbeit und Erfahrung, und kein theoretisches Postulat. Und er erhebt keinen Anspruch auf Allgemeingültigkeit, er gilt vor allem nur für meine Stücke.

Theoretisches: Zensur und Proletariat

Zensur ist Bevormundung. Zur Bevormundung braucht man Polizei. Zur Polizei braucht man das Zuchthaus.

Wer ist Zensor? Pfaffe, Richter und Soldat. Was wird zensiert? Der Glaube an den Fortschritt. Was wird verboten? Die Vernunft, das Recht und der Friede. Was wird erlaubt? Der Abtreibungsparagraph, Giftgas, Wohnungsnot, Tuberkulose, gottgewolltes Wettrüsten und organisierter Betrug. Wer protestiert dagegen? Die Intellektuellen. Wer soll daran zugrunde gehen? Das Proletariat. Denn der Zensor würde sich um die Intellektuellen überhaupt nicht kümmern, würden sich die Intellektuellen nicht um das Schicksal des Proletariats kümmern. Und so kann auch nur das Proletariat den Zensor besiegen.

Theoretisches: Was soll ein Schriftsteller heutzutag schreiben?

Meine Damen und Herren! Der Titel meines Vortrages ist etwas lang; er wäre kürzer, wenn wir keine Zensur hätten. Es ist der Vorteil der Zensur immer schon gewesen, daß der Zensurierte sich anstrengen muß, Bilder zu finden. Die Zensur fördert also die Bildbegabung, die visionäre Schau, mit anderen Worten: aus der Zensur entsteht das Symbol. Und auch kein dichterisches Bild. Denn ein dichterisches Bild, das der Zensur gefällt, ist kein dichterisches Bild, sondern die Träumerei einer unbefriedigten Briefschreiberin.

Sie werden nun mit Recht einwenden, daß wir keine Zensur haben oder nur so ein ganz bisserl eine, die sich auf alle öffentlichen Gebiete, auch des Geisteslebens, erstreckt. Nun, es ist möglich, daß der eine oder andere Staat des Abendlandes keine Zensur hat, so besteht aber eine individuelle, und die besteht immer. Und so wollen wir nun die Zensur definieren. Die Zensur ist ein Produkt der Angst.

Die Angst hat viele Kinder. Ich erwähne nur die Lüge, die Hemmung, die Tücke, und zum Teil auch die Unwissenheit – (aber da ist noch ein anderer Vater dabei) – aber nicht die Dummheit! Oh nein! Die Dummheit, das ist ein eigenes Gebiet, die bewohnt ein feines, schönes Haus.

Aber wir wollen nicht über die Dummheit reden. Man soll solche Worte heutzutag gar nicht in den Mund nehmen, es ist zu direkt. Man setzt sich noch der Gefahr aus, daß man eingesperrt wird. Und wenn nicht heute, dann in einem Jahr, dann kommt einer und sagt: Sie, Sie haben doch mal gesagt, ich bin dumm. Sie das ist Landesverrat. Und dann wird man geköpft. Gebrauchen wir dafür Bilder, Symbole: z. B. Nationalismus, Antisemitismus, -

Es werden noch manche sagen, er machts sich zu billig: die haben mich nicht verstanden. Ich sagte: Symbole der Dummheit. Ich könnte auch sagen, das Symbol der Dummheit wär ein Idiot in einem Abendkleid. Weder das Abendkleid ist dumm, noch die Schuhe – aber der Inhalt.

Die Zensur übt jeder privat.

Jeder sagt privat: Nein, davon will ich nichts wissen. Das ist mir zu frei, d. h. zu unangenehm. Sie sehen, er übt auch gegen sich selbst Zensur. Er gebraucht das Bild der Freiheit für das Nichterinnertwerdenwollensein an seine Schwäche. Der Impotenzler als Freiheitskämpfer -

Aber es gibt Länder ohne Zensur; z. B. Rußland und Deutschland. In beiden Ländern braucht man keine Zensur. Denn es gibt nichts zu zensurieren. Denn beide Bewegungen sind anti-geistig. Die Materie fehlt.

Sie üben auch die Zensur nur gegen Autoren aus dem Ausland aus.

1. Die Zensur.
2. Der Begriff des Schriftstellers.
3. Die echte und die falsche Würde.
4. Die Marlitt wird modern.
5. Was ist Menschlichkeit?
   Verständnis und Verzeihung für die kleinen Schwereien.
   Haß gegen die großen. Heute ist es umgekehrt.
6. Sport (Bilder)
7. Der letzte Ritter.
   (Verlust der Ritterlichkeit)
8. Das Gewissen.
9. Die mißhandelte Vernunft.
   Die vornehmste Aufgabe des Schriftstellers ist es vernünftig zu sein. Ich könnte mir die Definition leicht machen, indem ich sage: vernünftig ist, wer klar ist. Aber die Klarheit ist heut unbeliebt. Und so komme ich am Ende wieder zum Anfang zurück: zur Zensur. Aber es gibt nur eine wahrhafte Zensur: das Gewissen! Und das dürfen wir nie verlassen. Auch ich habe es verlassen, habe für den Film z. B. geschrieben wegen eines neuen Anzugs und so. Es war mein moralischer Tiefstand. Heut hab ich noch eine Krawatte davon. Und die Pflicht der anderen ist, seine Bücher zu kaufen – jawohl, seine Bücher, denn sonst bleibt ihm nichts anderes übrig, als in Schönheit zu sterben, nämlich zu verhungern.

10. 10. Wir leben in einer Zeit, in der ein großer Teil der Welt von Verbrechern und Narren beherrscht wird.
11. 11. Das Ziel jedes Staates ist die Verdummung des Volkes. Keine Regierung hat ein Interesse daran, daß das Volk gescheit wird. Also steht jede Regierung in Feindschaft gegen die Vernunft, nämlich gegen die Vernunft der anderen. Die Regierung ist umso stärker, je fester sie darauf schaut, daß das Volk verdummt wird.
12. Und das Volk will nur hören, daß es wichtig ist. – Der Sport ist eine internationale Reaktion auf die Röllchen. Der Sport ist auch ein Fundament zur Entwicklung der Individualität. Aber es ist eine völlig ungeistige Individualität.

Die Arten des Sportes:

Zuschauer und Aktive Die Liebe zur Mißgeburt (Früher zum buckligen Geistigen) (Jetzt zum geraden Idioten)
Was hat die Beseitigung der Arbeitslosigkeit mit dem Kampf gegen die Vernunft zu tun?
Die Antwort ist etwas kompliziert, aber sie fällt nicht schwer: sie hat eigentlich nichts damit zu tun. Uneigentlich alles.
Der Begriff des Uneigentlichen.

Der Schriftsteller ist kein Individualist. *Aber:* Nur Freude und Erfolg, d. h. Geldverdienen – das geht nicht!

Damit versündigt er sich gegenüber seinem Talent. Und die Sünde gegen das Talent, das endet in der Hölle des Stumpfsinnes. Er wird alt und nichts. Seine Kinder werden Idioten.

Verantwortung, d. h. nichts anderes, wie einfach ausgedrückt: Gewissen.

(Ich weiß nicht, was ein Schriftsteller von den Zeitungen hat?! Von der Reklame?!)

Über tredition

Eigenes Buch veröffentlichen

tredition wurde 2006 in Hamburg gegründet und hat seither mehrere tausend Buchtitel veröffentlicht. Autoren veröffentlichen in wenigen leichten Schritten gedruckte Bücher, e-Books und audio-Books. tredition hat das Ziel, die beste und fairste Veröffentlichungsmöglichkeit für Autoren zu bieten.

tredition wurde mit der Erkenntnis gegründet, dass nur etwa jedes 200. bei Verlagen eingereichte Manuskript veröffentlicht wird. Dabei hat jedes Buch seinen Markt, also seine Leser. tredition sorgt dafür, dass für jedes Buch die Leserschaft auch erreicht wird.

Im einzigartigen Literatur-Netzwerk von tredition bieten zahlreiche Literatur-Partner (das sind Lektoren, Übersetzer, Hörbuchsprecher und Illustratoren) ihre Dienstleistung an, um Manuskripte zu verbessern oder die Vielfalt zu erhöhen. Autoren vereinbaren direkt mit den Literatur-Partnern die Konditionen ihrer Zusammenarbeit und partizipieren gemeinsam am Erfolg des Buches.

Das gesamte Verlagsprogramm von tredition ist bei allen stationären Buchhandlungen und Online-Buchhändlern wie z. B. Amazon erhältlich. e-Books stehen bei den führenden Online-Portalen (z. B. iBookstore von Apple oder Kindle von Amazon) zum Verkauf.

Einfach leicht ein Buch veröffentlichen: **www.tredition.de**

Eigene Buchreihe oder eigenen Verlag gründen

Seit 2009 bietet tredition sein Verlagskonzept auch als sogenanntes "White-Label" an. Das bedeutet, dass andere Unternehmen, Institutionen und Personen risikofrei und unkompliziert selbst zum Herausgeber von Büchern und Buchreihen unter eigener Marke werden können. tredition übernimmt dabei das komplette Herstellungs- und Distributionsrisiko.

Zahlreiche Zeitschriften-, Zeitungs- und Buchverlage, Universitäten, Forschungseinrichtungen u.v.m. nutzen diese Dienstleistung von tredition, um unter eigener Marke ohne Risiko Bücher zu verlegen.

Alle Informationen im Internet: **www.tredition.de/fuer-verlage**

tredition wurde mit mehreren Innovationspreisen ausgezeichnet, u. a. mit dem Webfuture Award und dem Innovationspreis der Buch Digitale.

tredition ist Mitglied im Börsenverein des Deutschen Buchhandels.

Dieses Werk elektronisch lesen

Dieses Werk ist Teil der Gutenberg-DE Edition DVD. Diese enthält das komplette Archiv des Projekt Gutenberg-DE. Die DVD ist im Internet erhältlich auf **http://gutenbergshop.abc.de**

FSC
www.fsc.org

MIX

Papier | Fördert
gute Waldnutzung

FSC® C083411

Zeitfracht Medien GmbH
Ferdinand-Jühlke-Straße 7
99095 Erfurt, Deutschland
produktsicherheit@kolibri360.de